U0049035

方舟

夕木春央

鍾雨璇 譯

目錄

我要使洪水氾濫在地上，毀滅天下；
凡地上有血肉、有氣息的活物，無一不死。
但是，我要與你立約。

——《創世記》第六章17—18

序章

走廊天花板上的燈光微弱地閃爍著。

腳下踩著在鋼梁焊上鐵板，再鋪上塑膠貼皮的工業風地板。牆壁同樣也是鐵板，有些地方還直接露出裸露的岩壁。

這裡是地下一樓，距離地面卻是將近十公尺之遙。

我們九人在宛如即將進行宗教儀式的凝重氣氛中，默默站在走廊上。

一二〇號房的房門開著，裡面是一個小倉庫，地上躺著一具被勒死的屍體。

下手的人當然是在場九人中的其中一人。除了凶手自己以外，沒人知道是誰。

沒人開口說話，只有發電機震動的嗡鳴聲在空間中迴響。

當中彷彿還夾雜著地下三樓積水的水聲，不過水聲不可能這麼大聲，我聽到的不過是我的幻覺而已。

我們想要求救，手機卻顯示沒有訊號。畢竟我們人在地底，這也是無可奈何。不過即便我們回到地面上，也還是在遠離人煙的山區，手機根本收不到訊號。

有人被殺了，他的脖子被人勒住絞殺。

不論是對誰而言，想必都是這輩子想都沒想過會碰上的頭條大事。

然而，現在讓我們苦惱不已的並不是殺人事件。

我們此刻面臨的危機比殺人事件更加緊迫，說不定還有人會把命案視爲打破眼前困境的突破口。

這座地下建築就像一艘埋在山中的貨船。想要逃離這裡，我們必須從九人之中，選出一人送死。

我們必須選出祭品，不然所有人都會死在這裡。

我們該如何抉擇？在我們九人當中，可以去死——應該去死的人是誰？

答案自然是殺人凶手。

除了犯人以外，所有人想必都抱持著同樣想法。

距離最終期限還有一週左右的時間，我們必須在那之前找出殺人凶手。

第一章　方舟

一

我們一行七人踏出鄰近公路的步道，走進樹林中。我們沿著山路，踩過一地枯枝落葉，穿過一片荒草蔓生，不知位於何方的曠野。

當深約十公尺的山谷，以及橫跨其上的老舊木橋終於出現在我們眼前時，太陽已然消失在山巒的另一頭。

隆平用粗壯的手臂，搖晃用原木組建的欄杆。

聽到木橋發出的吱嘎聲響，隆平皺了皺那張像摔角選手的深邃面孔，然後向身旁的裕哉開口詢問：

「喂，真的要過這座橋嗎？你之前可沒說。這橋不會垮嗎？」

「哎，其實還好啦。我之前走過這座橋，完全沒問題，沒那麼危險啦，你看。」

裕哉朝橋上踏出一步，張開雙臂，搖晃身體給我們看。

橫豎也沒其他路可走，我們六個人只能跟著走在前頭的裕哉後面。

走過橋後，我從防風外套的口袋掏出手機，確認了時間——現在是下午四點四十八分。

看到我拿著手機，穿著螢光色鮮豔登山服的花快步走到我旁邊。她右手舉著手機，出聲問我：

「柊一，你的手機有訊號嗎？」

「不，已經有一個小時左右都在圈外了。」

「是喔，我也是。看樣子，我們今天應該回不了別墅了吧？」

沒人回應，大家都心知不可能。

過橋之後的景色是一片被急峭山壁環繞的荒野。我們在漫漫荒草中往前走了幾百步，便聽到裕哉高聲大喊：

「到了！已經近在眼前，再走幾步就到了。」

裕哉一路上背後一直承受著眾人不滿與懷疑的目光，此刻聲音中透出一絲解脫感。然而放眼所見，我們依舊沒看到類似建築物入口的存在。

事情始於今天早上。眾人划船遊湖之後，裕哉向大家發起這樣的提案：

「有個很有趣的地方，從這裡走路就能走得到，大家有興趣去看看嗎？那是蓋在深山裡的超大型地下建築，以前好像是用來做什麼不妙事情的地方，現在應該已經沒什麼人知道了。」

我們一夥人昨天在裕哉老爸名下的長野別墅相聚。

裕哉是我大學時期的朋友，也是這次聚會的發起人。我們六人在學生時期常混在一起玩，這次算是我們的小小同學會。

我和大家已經兩年不見了。看到過去染著金髮，還戴黑色耳環的裕哉，現在卻只剩耳環，變成一頭黑髮，讓我不太適應。

因爲某些顧慮，我是和表哥一起來，所以我們一共七人在別墅過夜。

儘管裕哉說起什麼位於深山的地下建築，不過我們沒半個人有概念。

蓋地下建築本身就很麻煩，而且據說建築物的規模還不小。有人抱著某種目的，在深山蓋了這麼一座建築嗎？儘管令人難以置信，不過裕哉似乎在大約半年前親眼見過那個地方。

聽起來確實令人好奇，既然距離不遠，我們決定去看看也無妨。

然而，實情與我們聽到的說法不同。我們走了老半天，遲遲無法抵達地下建築。原本裕哉一派輕鬆地聲稱只要走個二、三十分鐘就到，也一直焦慮地研究手機上的地圖。

地下建築當然不會標註在地圖上。裕哉聲稱自己之前去的時候，已經在地圖應用程式上標記下位置，不實際位置似乎與記錄有著不小差距。我們迷路迷了老半天，等到終於找到地點時，太陽已經準備下山了。

「裕哉，接下來呢？你是打著在那個地下建築過夜的主意吧？畢竟現在也趕不回去了。沒問題嗎？你不是說那裡是個不妙的地方嗎？」

「沒有啦，我只是說那個地方過去可能被用來做不妙的事情。都是以前的事情了，稍微借用一下應該沒關係。現在也沒人在那裡，就像參觀廢墟一樣。」

隆平和裕哉走在十公尺前，把我們拋在後頭。

隆平一路上都是這個態度，用一副代表大家發聲的樣子，不停向帶路的裕哉抱怨。見到隆平的那副模樣，走在右邊的麻衣朝我露出像是傷腦筋，又像在安撫的微笑。在暮色之中，麻衣羽睫纖長的雙眸，在她白皙的臉蛋上顯得格外分明。

我想出聲回應，但是一想到會被隆平聽到，就什麼也說不出口。麻衣似乎也不期待我的回應。只見她撇開頭，像是怕被隆平發現一樣，看向別的方向。

我回頭往後看，原本有點落後的紗耶香小跑步追上我們。一頭棕髮的她綁著丸子頭，額頭冒著汗珠。

紗耶香開口詢問了她似乎一直很在意的問題：

「我想問一下，地下建築的話，會是怎麼樣的廁所呀？睡覺會是拿背包當枕頭，直接睡在地上嗎？大家都能接受嗎？」

我們並未從裕哉口中聽過這些類似飯店設備介紹的內容，畢竟我們原本根本沒有過夜的打算。

我的表哥翔太郎走在我前頭，回應了紗耶香的提問。

「不要抱太大期望比較好，建築物本身大概有不少問題。只是不管怎麼說，總比露宿荒野好。地下的話，應該也不會太冷。」

「這樣啊，說得也是。晚上氣溫應該會很低吧。」

紗耶香禮貌地附和。

我的大學友人們明明昨天才第一次和我表哥碰面，翔太郎卻比我想像得更能夠和大家打成一片。

五年前阿姨過世後，翔太郎繼承了一筆相當可觀的遺產。從那時起，他就過著沒穩定工作的生活，到處旅行、鑽研地質學，散漫地過日子。原本以爲翔太郎就是打算靠這筆遺產悠哉度日，但事實並非如此。有時他會帶著近百萬圓去國外，然後帶著好幾倍的錢回來。

身爲表兄弟，我和翔太郎的交情比任何朋友都久。儘管我對他比誰都還放心，但我到現在仍然不清楚他這個人的全貌。

這次找翔太郎一起來，是因爲我覺得這次聚會上可能會發生糾紛。翔太郎本來就對這一帶的地理感興趣，所以帶他來並不是件難事。

到目前爲止，我所擔心的問題並沒有發生，卻意外發展成要前往神祕的地下建築探險。有著感覺能應付任何狀況的翔太郎在身邊，讓我安心許多。

二

在險峻山巒環伺的荒野中央，裕哉突然停下腳步，然後指著地面大叫：

「找到了！你們看，這裡就是入口。」

裕哉蹲下來，伸手探進枯草中，然後抬起一個直徑約八十公分，類似人孔蓋的上掀蓋。

我們探頭一看洞口垂直通往地下，洞穴壁面是水泥，牆壁還嵌著一排充當梯子的鐵棒。

「要進去就是從這裡下去——」

「咦？不會吧，也太恐怖了，底下看起來有夠窄。」

花用手機的燈光照向洞穴深處。由於光線不足，看不見底部。

我也有相同想法。考慮到地下建築位在這樣的深山裡，有個像礦坑的入口也不足爲奇。

不過根據裕哉的描述，我原本想像的是一座更有文明氣息的建築。

「確實入口看起來是有點令人卻步啦，不過進去以後就會知道了，裡面眞的超寬敞的，甚至還有地下三樓。住個一晚應該還行。」

花和其他人明顯有些退縮，我也不太願意進去。

第一個動起來的是隆平。

「算了，我下去看看吧。這樣有辦法通過嗎？」

隆平一邊留意會不會磨到背包，一邊沿著梯子往下爬。裕哉確認過女子三人的表情後，便跟在隆平的後面下去，以免他一個人落單。

花、紗耶香、痲衣低聲討論「怎麼辦？」、「誰先下去？」之後，一個個跟著依序下去。我和翔太郎殿後。

沿著梯子往下爬了約七、八公尺後，雙腳終於踏上地面。

出現在我們眼前的是一個像洞窟的水平通道。通道相當寬敞，不用彎腰也能通過。

通道緩緩往下延伸，我們舉著手機的燈光前進。

走了一段路，一塊巨大的岩石出現在通道路上。

岩石非常巨大，明顯無法靠人力移動。不知為何，岩石上纏繞著一圈圈粗重的鐵鍊。

「這是什麼？有人試著把石頭挖出來，然後放棄了嗎？」

「很難說。」

翔太郎別有深意地回答。

從巨岩旁邊鑽過去之後，眼前出現一扇鐵門。

腳下的天然岩石地面從鐵門前方開始，轉變成髒兮兮的木頭地板。再往前的部分明顯屬於人工建築。

裕哉打開門，照亮裡面。

「哇喔？還眞沒騙人，裡面眞厲害。」

隆平發出了分不清是讚嘆還是膽怯的聲音。

門後是一條寬敞的走廊，天花板很低。走廊往前沒多久就彎曲，看不到盡頭。不過從鐵門開門聲的回音來聽，這座地下建築顯然占地遼闊。

「眞驚人——霉味好重。」

麻衣低聲嘀咕。

室內充滿一股酸臭味。空氣中帶著彷彿來自幽暗森林深處的濕氣，還摻雜化學臭味。

「這裡的照明要怎麼辦？應該沒牽電線吧？」

「沒牽電線，不過有一個超大的發電機，感覺應該還能運作。如果不行的話，大概就只能靠手機的燈光了，反正我有帶行動電源。」

隆平和裕哉穿過鐵門，踏進一片漆黑的走廊。

大家手持手機的燈光，連成一串宛如螢火蟲幼蟲的隊伍，戰戰兢兢地挨著前進。

地板用的是老舊廉價的塑膠建材，左右兩側的牆上就像飯店一樣，有著一道道房門。

在走廊往左彎的轉角前，裕哉指著右側房間的房門，上面貼著「一〇七」的牌子。

「這裡有發電機，看起來應該還能用——」

裕哉轉動門把，將燈光照向房間。

房門後似乎是所謂的機械室，牆上有著蜿蜒的黑色電線，電線全都匯集向房間深處，連接到發電機上。

發電機和我以前在醫院打工見過的很像，是有著澡盆大小的家用發電機，排氣用的管子沿著牆壁一路穿過天花板。雖然發電機像是在我出生前出廠的時代產物，不過裝在發電機上，作爲燃料的幾桶瓦斯鋼瓶看起來倒是新的。

鋼瓶的瓦斯表上顯示瓦斯還有剩。裕哉和隆平對發電機東摸西摸，摸索怎麼啓動。

看到兩人不知道如何操作，翔太郎謹慎地開口：

「總之，麻煩先確認鋼瓶與軟管是否連接確實，然後打開馬達開關，拉起啓動把手。」

裕哉按照指示操作後，發電機響起與摩托車相仿的引擎聲。

下一個瞬間，天花板的日光燈開始閃爍，緊接著從機械室到走廊都亮起燈，蒼白的燈光盈滿整座地下建築。

「太好了，要是沒燈，實在挺傷腦筋的。」

紗耶香環視大家的臉說道。

在鬆一口氣的氛圍中，我們走出了狹小的機械室。

這個地下建築充滿無數謎團。屋內亮起燈，我本想繼續探索，但現在疲勞勝過好奇心。

裕哉帶著大家回到走廊，稍微往回走幾步，打開了機械室對面的一〇六號房的房門。

「這裡是餐廳，要休息一下嗎？」

餐廳數十坪大。縱長的房間裡頭擺設著長桌，並沿著長桌擺滿椅子，是一間能夠容納數十人的餐廳。

花拉過一張附近的椅子。

「哇，好髒——這個確定沒問題嗎？」

椅子是感覺會在學校看到的廉價椅子，而且由於長時間遺棄在地下，背板上長滿黑色的霉斑，已經快要爛掉了。

花拍了拍椅面，小心翼翼地坐了下來。椅子沒有壞掉。

仔細一看，長桌的桌板用的也是廉價的貼皮合板，和椅子同樣陳舊不堪，站在上面可能不太安全。

餐廳往裡面走有流理臺。我試著轉動水龍頭，在一陣咕嘟作響後，水龍頭噴出紅褐色的水。放著讓水流一陣子，終於流出透明的水。

「哦，自來水竟然還能用。」

我不禁喃喃說道。

流理臺上方有餐櫃，餐櫃內擺著大批看起來頗有年頭的厚實杯盤。
紗耶香跪在牆邊，忙弄著什麼。
「哦，眞驚人。插座也還能用喔，你們看。」
她把手機充電器插進配線裸露在外的插座中。
我們就這樣在餐廳裡待了一陣子，時而伸展身體，打打哈欠。
大家都不怎麼交談。現在這段時間就像以前登山縱走，終於抵達山屋的時候一樣，每個人都在全力緩解疲勞。從昨天相聚以來，眼下此刻最令人懷念起學生時代的時光。
不過這個休息處的氣氛實在太不安，使人難以徹底悠閒放鬆。一陣子之後，翔太郎拍了拍我的肩膀。
「柊一，我們來探索一下建築物內部吧？這座建築實在挺有意思。」
雖然我才開始在想是否該吃些東西，不過我也很在意這座地下建築。
就在這時，一直顯得有些不自在的裕哉插話了：
「翔哥，要的話，我可以簡單帶個路喔？上次來的時候，我算是到處瞧了不少地方。」
裕哉就這樣加入了我們的行列，我們離開餐廳，三人開始探索地下建築。
低矮的天花板、昏暗的日光燈燈光、髒亂的地板和用廉價建材製成的牆壁，以及蜿蜒盤繞在牆上的電線，在在讓這座建築散發出一股老舊貨船的氛圍。

不僅氣氛相似，這座建築的寬度和結構也與貨船相仿。建築由縱橫交錯的鋼筋和焊接上去的鋼板組成。建築物本身一共有三層樓，形狀呈狹長形。走廊左右兩側是一間間類似倉庫的房間，或是擺設著簡易雙層鐵床的房間。

每個房間的門上都像公寓一樣，貼著房間號碼的門牌。回到入口，背對鐵門的話，右側的房間是一〇一號房，左側是一〇二號房。房號以一〇三、一〇四的方式，朝走廊深處依序遞增。不管是倉庫還是臥房，無論用途爲何，每個房間都有編號。每扇門和牆壁之間都有不規則的縫隙，建築的整體建設顯得粗糙簡陋。

餐廳旁邊的一〇四號房是廁所，和公共設施的廁所相似，總共有四個廁間。廁所還附設了淋浴間，雖然我並不太想使用。

廁所還有臭味，但不到令人不快。大概長時間無人使用，排泄物已經分解。

「這裡應該沒有下水道吧？水肥要怎麼抽？」

「大概暫時積在化糞池，再用幫浦抽到地面上。生活污水應該也用同樣方式。」

翔太郎一邊探頭看向和式馬桶內部，一邊回答我的問題。

廁所看夠之後，我們回到走廊。

過了一〇七號房的機械室後，走廊向左拐彎。轉角處有一道通往地下二樓的鐵製樓梯。

我們先無視樓梯，繼續沿著走廊前進。往前大約五公尺後，走廊再次向右轉彎。轉角後的走廊左右兩側依舊是一長排房門。門號延續機械室的編號，是從一〇八號開始，最裡面則是一二〇號。

房間外側的牆壁上，有些地方露出了黑色的岩石表面。摸起來的手感和我們從入口進來時的洞窟相同。有些地方似乎會滲水，還帶著一股濕氣。

看來這座地下建築是利用自然形成的地下空洞，再加以修整形狀，分開樓層，設置隔間牆後完成的建築物。走廊不自然的轉彎，似乎是配合原始地形的結果。

當我們走到盡頭時，翔太郎像是逛完博物館一般感嘆：

「這地方竟然有二十間房間之多，我也眞是服了。要蓋這裡肯定花了不少錢吧，眞虧他們蓋得出來，雖然是座超級大違建就是了。」

「不只如此喔，這裡還有地下二樓。」

裕哉走在前面，領著我們回到走廊的樓梯口。

地下二樓基本上構造和一樓相同，閃電狀的走廊兩側都有著一道道房門。這裡雖然沒有餐廳那樣的大房間，不過地下一樓的廁所下方的化糞池就占據了一個房間大的空間。裕哉說明地下二樓也是從二〇一號到二二〇號，一共二十間房間。

地下二樓的走廊同樣亮著燈，然而下樓後房號較小的左側區域卻是一片昏暗。天花板上明明有裝燈，會是哪邊的電線斷了嗎？走廊深處的燈有亮，或許是那一區的配線系統不同。

走下樓梯後，翔太郎在開始探索房間前，開口詢問：

「裕哉，你爲什麼會找到這個地方？」

「哦，我半年前偶然發現了這裡。當時我想要單人露營，找一個絕對沒人的地方，就來到了這片深山，結果發現了那個上掀蓋。進來一看，可眞是大開眼界。」

裕哉站在走廊中央，張開雙臂。

「這到底是什麼地方？究竟是誰爲了什麼目的，蓋了這樣一座建築？老實說，這裡很明顯就給人一種進行過可疑活動的感覺。」

思索片刻，翔太郎回答：

「這裡可能是五十年前激進派的據點吧。」

「——眞的假的？激進派？是指七〇年代的事情嗎？」

「根據外觀來看，這裡的建造年代約略屬於那個時期。入口途中不是有一塊相當巨大的岩石，上面還綁著鎖鏈嗎？那塊岩石顯然是爲了在必要時充當路障，故意放在那裡的。大概是要靠那塊岩石堵住鐵門吧。不過在激進派組織之後，似乎還有其他犯罪集團也曾在這裡活動。有些線路看起來相對較新，最多也是二十年前安裝的。激進派應該不至於當時還在這種地方奮鬥吧。」

我也隱隱有這樣的感覺。

這裡既是深山，而且還是在地下，說起爲什麼要在這裡蓋房子，無疑是爲了避人耳目。不過一旦明確說出口，這座建築就更加散發出不安氛圍。

翔太郎開朗說道：

「總之，就讓我們再來仔細研究一下這裡是個怎麼樣的地方吧。」

我們走進面前的二〇八號房。這個房間似乎是個廢品倉庫。

我們瀏覽了房間內的物品。房間內有使用過的手套、生鏽的割草鐮刀、舊音響、銅管和木頭邊角料等各式各樣的雜物。有些東西相當老舊，也有些還算新。房間內看上去淨是一堆會被堆放在街角垃圾場的雜物。

「哦?就算是犯罪集團的據點，也會出現草帽啊。」

翔太郎一本正經地這麼說，一邊拿起一頂破損的寬帽簷草帽給我看。

「唉，我還以爲說不定會找到手槍或者白粉之類的東西，看來跟想像中不太一樣啊。」

「即使在這裡活動的傢伙們眞的有碰那些東西，撤離這裡的時候應該都帶走了吧。不過仔細搜索的話，說不定會有什麼收穫喔。」

翔太郎隨手把草帽扔到破舊的木箱上。

我們接著打開了斜對面的二〇九號房的房門。

乍看之下，這個房間也是堆滿雜物。看似廢棄物的東西被堆放在房間角落，與剛才的房間相比，數量顯得比較少。

然而，一打開房間的照明開關，出現在眼前的並不是二〇八號房那樣稀鬆平常又溫吞的物品。聽到這裡曾被犯罪集團使用，我聯想到的都是凶器或是毒品，結果實際上發現的事物比我想像更加陰暗。

首先引起我注意的，是用長長鐵鍊連著手銬和腳鐐的囚禁道具。房間深處還有一把漆黑的鐵椅，椅面上還有神祕尖刺。

其他還有包裹著皮革的粗木棍，以及用大型虎鉗和尺寸可容納人頭的金屬框組裝而成，不知道要如何使用的裝置。除此之外，還有生鏽的釘子、水泥磚等。

我、裕哉和翔太郎坐立難安地面面相覷，彷彿窺見了他人的祕密。

裕哉走近房間的角落，蹲了下來，看著那些工具發出驚嘆：

「騙人的吧？這也太扯了。這些是拷問的工具吧？」

「看起來確實如此。」

翔太郎回答。裕哉之前來的時候，似乎沒發現這間房間。

「這些真的有人用過嗎？」

「我也不知道，不過看起來是吧？我只在博物館見過這種刑具，有點難以置信。」

刑具都老舊生鏽。儘管上面沒有血跡，但是以品味惡劣的裝飾品而言，損壞程度卻又過於嚴重。我看向四周的地板，只見地板的塑膠貼皮上還留有像是被撕開的裂痕，就像有人曾在痛苦中抓撓地板掙扎。

我聽過在七〇年代的激進派組織之間，曾經發生內部紛爭演變成互相殘殺的事件。如果這個地下建築的來歷如我們所想，發現刑具也就不足為奇了。

這座冷冰冰的地下建築中，突然飄散一股血腥的不祥氣息。

「——不過並沒有證據證明這些東西實際被人使用過，對吧？」

「確實沒有，而且就算有人用過，那也是很久以前了。這些已經算歷史遺跡了吧。」

翔太郎的話讓裕哉似乎稍感安心。

我也衝著他的這句話，決定把此地過去發生的事情拋諸腦後。我這輩子理所當然地不曾和刑具扯上任何關係，再怎麼樣，今後也絕對不會有任何瓜葛。

接下來，我們又探索了附近的幾間房間，不過沒再發現比刑具更危險的器具。

「對了，裕哉，你不是說這裡還有地下三樓嗎？地下三樓要從哪邊下去？」

翔太郎出聲詢問。走廊上並未看到通往地下三樓的樓梯。

「啊、呃，樓梯在最邊邊的地方，不過因爲一些事情，現在沒辦法往下走了。要到那附近看看嗎？看了應該馬上就明白了。」

裕哉走在前面帶路。

我們朝著房號較小的方向前進。走廊途中的燈光是暗的，雖然不到寸步難行的程度，我們還是打開手機的燈光。

走廊盡頭處有一扇鐵門。這扇鐵門與地下一樓的入口相似，只是比那扇門更小、更窄。

裕哉指著鐵門，向我們解說：

「你們瞧，這裡的正上方就是我們進來的入口。」

依照我們來時的路線推測，想來應該如他所說。

裕哉緩緩打開鐵門。

這個地方和其他房間完全不同，門口一帶像瓶口一樣狹窄。更往裡面走，室內放眼所見都是直接裸露在外的黝黑岩壁。天花板只有入口附近是木作天花板，導致此處頭上格外低矮。除此之外的天花板和牆壁相同，也是維持岩石的原樣，讓這間房間在眾多房間中，特立獨行地保持著一副近似天然洞窟的風貌。

在房間深處的牆壁上，裝設著彷彿會用來打撈沉船的絞盤裝置。

「這是什麼啊?鏽蝕得好嚴重。」

絞盤上纏繞著粗大的鐵鍊。沿著鐵鍊望去,只見鐵鍊分開之後,通過滑輪,從門口附近的木板作天花板通向地下一樓。

「啊!這條該不會就是綁在那塊大岩石上的鐵鍊?」

「是啊,我不是說過那塊岩石是路障嗎?」

只要轉動這個絞盤,就可以移動岩石,堵住地下一樓的鐵門。

「對喔,被你這麼一講,這個確實百分百是路障,我之前都沒仔細想過。這裡的天花板只有入口附近是木作天花板,原來就是爲了讓鐵鍊穿過去嗎?」

「大概吧,雖然也許還有其他的原因。」

翔太郎高深莫測地回應。

「對了,通往地下三樓的樓梯就在這個房間。不過下面已經不行了,你看。」

裕哉指向房間右後方。

地板上有一個方形的洞,樓梯就在那裡。

我走近一瞧,立刻明白了裕哉的意思。

地下三樓已經被水淹沒了。水幾乎要淹到第四階樓梯,水面直逼地下三樓的天花板。我蹲下來,鼓起勇氣伸出手,感受泛著光澤的漆黑水面碰到指尖。

「好冰。眞沒想到，是底下進水了嗎？」

「因爲是在地下嘛，而且又是外行人蓋的建築，進水也不奇怪。畢竟周圍都是天然岩石，眞要說的話，也是十足可以想見的情形。排水設備大概也壞了吧。說不定這就是他們放棄這座地下建築的原因。」

這麼一說，剛才地下一樓的外牆上也有滲水的痕跡。

「這個狀況實在讓人沒法用泳池豪宅來打哈哈帶過。老實說，還眞有點恐怖。畢竟照這個樣子下去，整座建築總有一天都會被水淹沒吧？」

裕哉對此回應。

「理論上是這樣，不過應該要花上不少時間。水的高度和我半年前來相比沒有太大變化。或許水量稍微多了一些，不過照這樣看也是五年以後的事情吧？」

裕哉說的也有道理。

我們用手機的燈光照亮水中，只見地下三樓似乎隨意堆放著一些鋼梁或鋼筋的水泥塊。

由於沒什麼好看的，我們回到走廊，朝原本來的方向折返。

我們回到樓梯附近時，在走廊另一側發現紗耶香的背影。她似乎正在稀奇地拿手機拍照。

「裕哉，這座地下建築的出入口，就只有我們先前通過的洞口嗎？總覺得應該不會只有一個出入口。」

「其實還有一個出入口，只是沒辦法使用，因爲那個出入口就在剛才的地下三樓。那裡有一條類似垃圾通道的路，一路通往地面。不過現在都浸在水裡了，完全無法通行。」

「原來如此。」

「說起來，機械室裡有類似館內平面圖的地圖，看那張就知道了。」

我們三人回到了剛才的機械室。

裕哉打開了機械室內桌子的抽屜，裡面塞滿了老舊的ＯＫ繃、指甲剪，以及鉛筆、原子筆等各種文具。

裕哉把這些掏出來放在桌上，最後在這些雜物中，找到摺成四折的Ａ２尺寸平面圖。

「啊，就是這個。看來我上次看完之後，不小心塞得太裡面了。」

這份平面圖以館內平面圖來說太過簡略，但還是足以讓人了解整座建築構造。平面圖看來是建造當時的東西，紙張已經嚴重泛黃。

在平面圖的上方，用原子筆寫著「方舟」，文字似乎是事後寫上的，大概是這座地下建築的名稱。

「方舟」一如我們所見，是三層樓的建築，形狀細長，中間一帶彎折成逆之字形。根據平面圖顯示，地下三樓和地下一樓、二樓不同，空間並未分得很細，只有幾個大房間。我們

『方舟』平面圖

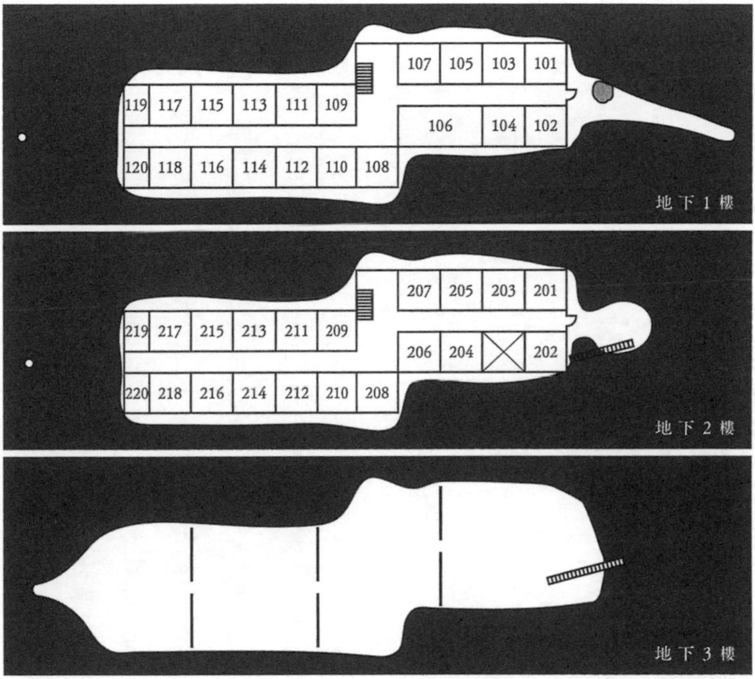
107 105 103 101
119 117 115 113 111 109
106 104 102
120 118 116 114 112 110 108
地下1樓
207 205 203 201
219 217 215 213 211 209
206 204 202
220 218 216 214 212 210 208
地下2樓
地下3樓

『方舟』剖面圖

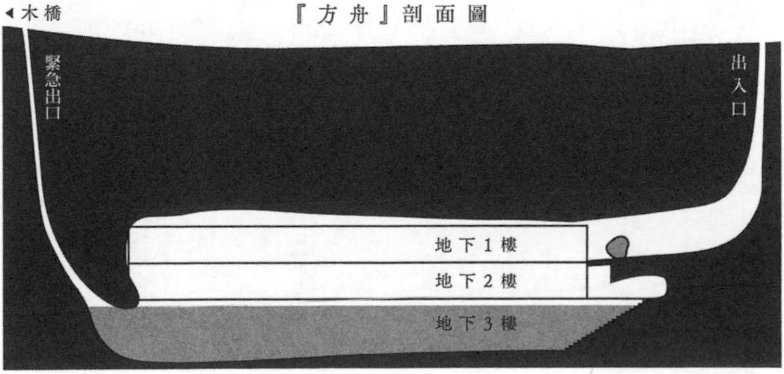
◀木橋
緊急出口
出入口
地下1樓
地下2樓
地下3樓

進來的出入口位於西側，而在地下三樓的東側，似乎有另一個通往地面的出入口。

「這邊大概是緊急出口吧。這裡和我們進來的出入口一樣，在地面上有一個上掀蓋。其實緊急出口的上掀蓋就在我們走來的路上，不過大概誰都沒注意到。」

根據裕哉所說，另一個上掀蓋的所在位置，就在過橋後不久的地方。不只是我，就連翔太郎也沒注意到。當時天色早已開始變暗，沒注意到也是正常。

「裕哉，你看過緊急出口裡面嗎？和這個平面圖是一致的嗎？」

「呃，有。我曾經從緊急出口進去看過。我沿著像梯子的東西爬下去，成功抵達地下三樓的天花板附近，不過地下三樓已經泡在水裡，我就直接折返了。」

「說到緊急出口——」

我從剛才就一直很在意一件事。

「這是什麼？」

我指著桌子上面。

桌上擺著兩個液晶螢幕，兩個都是彷彿會出現在小學圖書館的舊式十五吋螢幕。螢幕的邊框上，各自用油性筆寫著方才出現在我們話題中的「出入口」和「緊急出口」。

「啊！我上次來的時候也很在意這個。這個好像是監視攝影機的螢幕。上面不是寫著『出入口』和『緊急出口』嗎？如果是在白天的時候，可以看到上掀蓋附近有類似攝影機的東西。攝影機是裝設在樹上，西側的出入口和東側的緊急出口都有。所以這個應該會顯示那兩臺攝影機的畫面。只是之前沒有電，沒辦法確認。」
裕哉喋喋不休地解釋，一邊依序打開了兩個螢幕的電源。
「哦，還能用——眞厲害，有畫面耶。」
伴隨著微小的機械聲，老舊的螢幕顯示出監視攝影機的畫面。
因爲太陽已經下山，影像就像木版畫一樣，顯得不甚清晰。攝影機似乎和螢幕同樣，也是老舊機型，影像不是很清楚。
儘管如此，我們依然能看到畫面中顯示著地面上的荒野。在月光之下，兩邊的影像都能在畫面中央看到上掀蓋模糊的輪廓。如果有人靠近出入口或是緊急出口，馬上就能察覺。
裕哉伸出手指圈出兩邊畫面中的上掀蓋，同時向我們解說：
「如你們所見，這邊是我們進來的出入口，然後這邊則是橋附近的緊急出口。」
「也就是說，這兩個出入口大約相距一百公尺吧。」
「嗯，沒錯，差不多是這樣。一個在東邊，一個在西邊。大概是爲了確保不論哪邊被外人發現，都可以從另一邊逃走吧？」
裕哉這麼回答翔太郎的問題。
光要設置這些攝影機，想必也花費不少工夫。我不可置信地提出疑問：

「眞是戒備森嚴耶。過去住在這裡的人，到底是怎麼樣的傢伙啊？」

「說不定是哪個新興宗教集團進行特殊修行的地方。不然以防範外來入侵者來說，攝影機的設置方式也太奇怪了，看起來可能是爲了防止逃跑而設的。」

翔太郎這麼回答。

這個說法相當有說服力。我再次盯著發黃平面圖上方的「方舟」兩字。

「這個名字果然是取自《舊約聖經》的挪亞方舟吧。」

「是啊，我也只想得到這個典故。」

我回想起讀大學時，在文化人類學的課堂上，隨手翻閱的《聖經》片段。鼎鼎有名的挪亞方舟的故事，就收錄在厚重的《舊約聖經》的開頭部分。

在世間動亂、暴虐橫行的時候，善人挪亞接到神的啓示。神表示要毀滅人類，指示挪亞建造方舟，爲洪水準備。當方舟完成，挪亞和他的家人，以及所有生物都雄雌成對地踏進方舟之後，洪水便襲擊了大地——這就是挪亞方舟的故事內容。以一個故事來看的話，原典的描述顯得有些平淡。不過在以這個故事爲題材的講道，或是小說與電影之中，常常會描繪出不相信洪水即將來臨的民眾，嘲笑在山上建造方舟的挪亞一家的模樣。

蓋在深山之中，構造像船一樣的建築——儘管可能只是後來的牽強附會，但是和「方舟」這個名字確實有不少一致之處。對於激進派或新興宗教的人們來說，這裡或許就是等待救贖的地方。

對我來說，我只覺得是個差勁的玩笑。在這座令人不安的地下建築中，我看不到任何救贖，找到的不外乎是一些刑具。

同行中，也沒人擁有虔誠信仰，或是強烈的政治思想。看來我們一行人並不是挪亞一族，而是對打造此處的信徒嘲笑以對的人們。

「咦？你們在做什麼？」

聽到我們在機械室討論的聲音，紗耶香從打開的門探出頭來。緊接著，似乎正在找紗耶香的花跟著冒出來。

「咦，紗耶香，原來妳在這裡啊。妳剛剛是在拍照嗎？」

「對呀。我們大概也不會再來這種地方，所以想拍拍照當紀念。」

她似乎在各個房間晃來晃去，到處拍照。

「拍照是沒什麼不行，不過最好還是不要上傳到網路上。如果被以前住這裡的人發現，可能會很麻煩。」

「啊，也是。那我就不上傳，純拍照。」

在紗耶香和花討論的同時，麻衣和隆平兩人也來到了機械室。

除了我們以外，其他四人似乎也都對建築物的內部感到好奇，各自探索，結果我們七人都聚在機械室。

大家看到亮起來的監視螢幕，都露出驚訝的表情。

裕哉把至今爲止對我和翔太郎說明的事情，如淹水的地下三樓、緊急出口，以及監視攝影機的事情等，重複向大家說明了一遍。

花打斷了裕哉的話。

「——嗯，狀況我明白了。」

「其實啊，我想出去一下。白天我收到男友聯絡，不在今天內回覆他，他說不定過來我家撲空。」

花摸著手中的手機這麼說。

裕哉抓了抓頭。

「唔——不過這附近訊號應該不太好。」

「嗯，所以我只是想試試看，不行的話就放棄。有人陪我出去一下嗎？」

在一片漆黑的深山裡，一個人出去確實很可怕。

「那我陪妳去好了？」

然而，花似乎不太想和裕哉兩個人一起出去外面。

察覺到這點的紗耶香馬上伸出援手。

「那我也去一下好了，我的工作那邊可能也有聯絡過來。行嗎？」

「紗耶香也要一起來嗎？太好了，謝謝。」

得出結論之後，待會要外出的人便是花、紗耶香和裕哉這三人。

三人離開後，隆平從我背後盯著螢幕上的昏暗畫面。

「這個眞的有畫面嗎？」

遠看的話，畫面就像因爲接觸不良而什麼也沒拍到。

我還沒來得及回應，螢幕上就有了變化。

「哦，是花他們。」

出發尋找手機信號的三人打開了上掀蓋，出現在出入口附近的監視器畫面上。

帶頭的人影朝鏡頭揮了揮手，應該是裕哉。跟在他身後，穿著花俏外套的是花，在她後面的則是紗耶香。三人都因爲光線太暗而看不清臉。

過了一會，緊急出口附近的監視器畫面上，也顯示出拿著手機照亮道路的三人。他們走過木橋，前往高地，試圖找到有訊號的地方。

「哦，還眞的有拍到。」

隆平信服地喃喃說道。

接著他和麻衣開始無聊地把玩裕哉丟在桌上的雜物。沒過多久，生厭的隆平就抓起麻衣的手，兩人離開了機械室。

我和翔太郎留在機械室裡，無所事事地盯著螢幕。

我閒得無聊，開口問表哥很無聊的事情。

「不知道大家吃過了嗎？」

「不知道呢。」

大家似乎都被地下建築吸引，或許還沒吃飯。

過了三十多分鐘，裕哉一行人回來了。多虧監視攝影機，我們很快就知道他們回來了。

然而，裕哉一行人的樣子不太對勁。

「咦？人數好像增加了——怎麼可能？」

在出入口監視器的畫面上，身影由三人變成了六人。

宛如恐怖電影情節，我和翔太郎離開機械室走向鐵門，迎接遇到異狀的一行人。

鐵門打開，率先進來的是裕哉，接著是花。花的外套沾滿泥巴，似乎摔了一跤。

下一個進來的人是紗耶香。

緊接著在她的背後的是看起來有點畏怯的一家三口。

父親看起來大約五十幾歲，頂著灰白小平頭，戴著粗黑框眼鏡；身形有些發福，留著短髮的則是母親；嘴唇有點厚的兒子大約國中生年紀。

紗耶香一見到我們，就立刻解釋：

「這幾位說是迷路了——我就邀請他們一起來，畢竟這裡好歹有個屋頂。呃，我記得三位是來採香菇的？」

父親出聲回應：

「是的，就是這麼一回事，不好意思叨擾了。」

雖然現在正值香菇的產季，不過他們爲了採香菇，竟然跑到這麼偏僻的深山裡。儘管我們算不上是此間主人，還是邀請他們到餐廳用餐。

花在走廊上一邊走，一邊伸手拍掉衣領上的杉樹樹葉。我悄聲問她：

「手機有訊號嗎？」

「沒有，完全不行。這附近全都沒訊號。原本住在這邊的人，難道不是因爲不爽沒辦法上網才離開的嗎？」

這個說法搞不好也有其道理。

三

我們七個人和一家三口在餐廳隔著長桌相對而坐。

太太和小孩像走錯地方參加了陌生人的婚禮，視線徬徨在我們和這座古怪的建築之間。

「不好意思，跑來叨擾你們。敝姓矢崎，名字是矢崎幸太郎——」

父親緩緩開口，開始自我介紹。

「我是做電工的，雖然是本地人，卻不小心迷路了。這次是我們難得的全家出遊。這位是我太太。」

「你們好，我是弘子。」

面帶警戒表情的太太稍作猶豫後才報上名字。

「然後這是我兒子，現在讀高中一年級。來，打聲招呼。」

「——我叫隼斗。」

兒子低著頭開口。

他是高中一年級生，看起來卻比實際年齡小一點。

對他而言，比起要在來路不明的地下建築過夜，他想必更抗拒遇到一群大哥哥大姊姊的時候，自己卻是和爸媽在一起。我不禁想起國中時和朋友去卡拉ＯＫ，遇到同學和家人一起來時，對方當時臉上的尷尬表情。

「那麼各位都是從哪裡來的呢？」

紗耶香說明我們是東京都內同一所大學登山社的成員，在裕哉的邀請之下，昨天來到長野的別墅玩。因爲裕哉聲稱他知道有個地方很有趣，大家才來到這座地下建築，結果因爲太晚了而回不去。

「所以大家都是學生嗎？」

「不，我們都在工作了——我叫野內紗耶香，在東京的瑜伽教室當櫃檯小姐。」

「哦哦，確實給人那種感覺呢。」

矢崎看著膚色微微曬黑，又有染髮的紗耶香這麼說。一旁的太太和兒子露出嫌棄的表情，像是要他少講兩句。

「那麼接下來，就從這邊開始自我介紹囉？——來，學姊。」

紗耶香戳了戳旁邊的花的大腿。

「啊，呃，我是高津花。只是很普通的事務人員。」

矢崎家三人對著身材嬌小，有著圓圓臉蛋配上鮑伯頭的花，彷彿在說幸會一般，禮貌性地點了點頭。

「來，下一位。」

「咦？這是什麼情形？聯誼嗎？我是西村裕哉，在服裝業工作。總之請多多指教。」

裕哉掩飾難爲情似地搔搔臉頰。

「我是絲山隆平，在當健身房的教練。請多關照。」

聽到隆平的職業，矢崎一家對他的身材露出一臉原來如此的表情。不過聽到下一個人的自我介紹時，他們露出了意外的神情。

「——我叫絲山麻衣，是幼稚園老師。」

「咦？妳也姓絲山？」

矢崎直言快語地詢問。

「你們是夫妻嗎？」

「是的。」

「眞抱歉，看你們還這麼年輕，有點嚇一跳。社團同學結爲連理啊，可眞是一段佳話。」

矢崎客套地恭維。

雖說年輕，但他們結婚也已經兩年了。即使如此，在大家眼中，隆平和麻衣果然還是不像一對夫妻——我暗自這麼想。

輪到我的時候，我也如法炮製地自我介紹一番：

「我叫越野柊一，職業是系統工程師。」

輪到最後一個人的時候，紗耶香慌忙開口：

「剛剛我說大家都同一個社團，不過這位不一樣。他是柊一學長的親戚——」

「我叫篠田翔太郎，是這傢伙的表哥，因緣際會跟著一起來了。請多指教。」

矢崎一家早在聽到介紹之前，似乎也已經注意到翔太郎與眾不同的氛圍。我們都穿著實用取向的戶外服裝，唯獨翔太郎一人穿著完全不適合爬山，不知從哪買來的直條紋套裝。他的年紀比我們大三歲，身高也比在場任何人都高。

面對翔太郎，矢崎第一次露出了明顯的懷疑表情，但很快便用笑容取代。

「請多關照——大家怎麼知道這種地方呢？是哪位和這邊的人認識嗎？」

被矢崎這麼一問，裕哉回答：

「呃，說起來，這個地方其實並不是我們的——」

他解釋了自己半年前打算單人露營時，偶然發現這裡的經過。隨後現學現賣地搬出翔太郎的推論，表示這個地方可能由激進派團體打造，後來也許遭到犯罪組織或宗教團體使用。還好他起碼沒提到我們發現刑具的事情。

儘管如此，矢崎一家三口還是面面相覷，彷彿在後悔自己來到不妙的地方。

翔太郎試著安撫他們，開口勸慰：

「待一晚應該還好，就想像成住監獄旅館吧。這裡感覺也有好一陣子沒人使用了。」

「啊，沒錯！真的不用擔心會有其他人來。這裡和我半年前來的時候，感覺一點變化也沒有。當時我還拍了不少照片，今天來看，狀態都完全一樣。老實說，我今天本來沒打算在這裡過夜，結果這次走了一條和上次完全不同的路線。我原本想說很近，應該行得通。真的是對不起大家。」

裕哉半開玩笑地道歉。

本來我們此時應該是在比這裡舒適得多的別墅，大家一邊喝酒，一邊玩撲克牌才對。眾人心中或多或少都有些無法接受的感覺，不過紗耶香打圓場似地開口：

「算了，這也沒辦法。反正我們剛好遇到發愁的矢崎先生他們，就某種意義來說也算好事一樁吧？在這個時節露宿荒野，可不是鬧著玩的。事情就是這麼一回事，矢崎先生，你們可以接受在這裡過夜嗎？雖說要是有幽閉恐懼症的話，可能會有點難受就是了。」

「一晚的話還可以。對吧？」

矢崎這麼說，兩位家人也點頭同意。

「可以嗎？如果是我們太雞婆，實在很不好意思。就今天一晚，還請多多包涵了。」

紗耶香這一番話，表示我們並不是一群缺乏常識的人，請矢崎一家不用擔心。

「——對了，要來吃點東西嗎？我實在是餓壞了。矢崎先生你們自己有帶食物嗎？」

大家想起被拋諸腦後的飢餓感，各自在自己的包包裡翻找起來。

我們午後在便利商店各自買了麵包和小菜。除此之外，還買了一大堆準備晚上在別墅吃的零食。地下建築內雖然還留有罐頭等長期保存食品，但因爲來路不明，大家都不想碰。

矢崎一家方面，只見弘子太太從背包裡拿出似乎是中午剩下的兩個手作飯糰，三個人開始平分起來。

「呃，你們要吃這個嗎？有興趣的話請用。」

花遞出三份小條羊羹。隼斗用幾不可聞的細小聲音道謝，並接過羊羹。

大家接著也各自拿出一些魚肉香腸或巧克力等分給矢崎家，讓矢崎家的晚餐菜色變得毫不遜色。

用完餐後，隆平開口詢問：

「今天的床鋪棉被那些該怎麼辦？」

「啊，我剛剛看了一下，這裡有不少床墊和睡袋，只是有點灰塵就是了。」

有些房間內放著類似團體旅館會有的老舊寢具，比起山屋，應該更能舒適入睡。

「那麼矢崎先生，你們要休息的時候，就隨意挑個房間。可以的話，請在房門前放個標記，讓我們知道房間已經有人使用了。」

「哦，這樣啊。那麼──」

矢崎先生瞄了太太與小孩的表情後回答：

「多謝，那我們就先去休息了。」

「好的，晚安。」

紗耶香用清亮的嗓音回應。矢崎一家便走出餐廳，找晚上休息的地方。

四

時間已經過了晚上八點。

我們七人仍留在餐廳。網路不通，無法在床上打發時間，大家都不太想早早上床。餐廳內瀰漫著一股倦怠沉悶的氛圍。有矢崎一家在，大家都不好大聲吵鬧。遇到矢崎一家，似乎就注定了這次聚會歡樂不起來。

剛才紗耶香雖然出面打圓場，但我心中對裕哉還是有些怨懟。

大家想必也都抱著同樣的心情，只是即使說出口，也是讓氣氛再惡化下去而已。

「我覺得我今晚應該睡不著，畢竟這種地方以前肯定死過人吧。」

花會這麼說，想來也是繞彎子表明不滿。

裕哉掛著討好的笑容回答：

「沒啦——這也說不一定呀？雖說可能有不妙的傢伙住過就是了。」

除了我、裕哉和翔太郎，其他人似乎都沒看到地下二樓的刑具。儘管如此，花好像還是感受到了「方舟」令人不安的氣息。

「畢竟這樣的建築想來不會是由專業的人設計建造吧？施工的人大概也是業餘人士。這樣的話，不是很可能會出人命嗎？畢竟在這裡施工感覺就很危險，而且既然是危險分子，說不定會為了避免被人發現，就把屍體埋在附近。你們不覺得可能性很高嗎？」

翔太郎插嘴補充：

「嗯，確實如此。就算是有名的大型建築，也經常在建設過程中發生人員傷亡。」

我們彷彿在不情願的情況下，被迫在凶宅玩試膽大會一樣。

花嘴巴上說著無法入睡，卻打了個哈欠，然後嘟噥抱怨：

「死在這種地下，實在是太讓人無法忍受了，我絕對不要。」

「死在別的地方就有比較好嗎？」

隆平出聲吐槽。

「基本上不論是哪邊都不好啦。總之，我絕對不要死在看不到外面的地方。我想在鬱金香花田裡，像是睡著一般死去——這麼一說，大家最討厭的死法是什麼？」

花提出了感覺很適合在這個地下建築討論的話題。

大家因爲無事可做，竟然認眞地思考了起來。

裕哉開口回答：

「我最討厭的死法就是中世紀那種把人的手腳綁在四匹馬上，然後讓馬用力拉扯，讓人四分五裂的死法。」

「啊，確實，那種死法的確很可怕。」

這次換紗耶香開口：

「聽說火災的時候，如果吸入煙霧昏過去還算好，要是在清醒的狀態下被燒死，過程會非常痛苦。大家覺得呢？」

「燒死啊，死得很慢的死法也很討厭呢。」

隆平跟著表示贊同。

「我也討厭慢吞吞的死法，像是被活埋之類的。」

「眞的，我也是。那柊一呢？」

被問到的我回答「過勞死」，翔太郎則回答「病死」。

最後剩下麻衣還沒回答。她認眞思考了一會，這麼回答：

「我最討厭的應該是溺水，所以是淹死。」

不單是現在，麻衣從昨天大家碰面後，就一直顯得有些沉默。

「我在想，如果要做一個討厭的死法排行榜，勒死或者刺死之類的死法，說不定意外地不會排得太高？畢竟還有更多不計其數的糟糕死法。」

花在討論的最後，做出這樣可怕的結論。

雖然我並沒有炒熱試膽氣氛的打算，但是不知為何，我覺得有必要告訴大家，於是便說出我們在地下二樓發現刑具的事情。

大家的反應和我當初見到刑具時沒有太大不同。雖然有些驚訝，但沒打算深入思考此地曾經有人遭受酷刑的可能性。對大家來說，酷刑就像國外的新聞，與己毫不相關。

不過眾人的氣氛變得比先前凝重，話也變得更少。「方舟」並不是我們該待的地方——大家從先前就隱約有這種感覺，如今在眾人心中，這個想法變得更加鮮明。

五

時間過了晚上九點。

第一個起身的是花。

「我去睡覺了，反正也沒什麼事可做。」

「啊，那我也是。」

紗耶香跟在花的身後離開。兩人在別墅時，也是在同一間房間起居。

趁這個機會，一路上承受著眾人不滿的裕哉也站起身。

「我也去睡好了。」

轉眼之間，餐廳內就只剩下四個人，我的心情頓時往下一沉。

隆平欲言又止地瞪著我，然而最終說出口的還是不痛不癢的問句：

「柊一，今晚你要在哪裡睡？」

「——我還不知道，大概晚點看情況決定吧。反正我會和翔哥睡同一間房。」

「這樣啊。那我們也去睡了。」

隆平和麻衣離開了房間，餐廳內只剩下我和翔太郎。

我們在沉默中待一會。我和隆平交談時故作平靜，應該差不多被翔太郎看出端倪了。

我和翔太郎選擇了一一二號房作爲我們的房間。

這個房間除了空蕩蕩的鐵架子以外，幾乎空無一物。我們從附近的倉庫搬來床墊和睡袋，至少免於睡覺時挨凍。

「要用這裡的睡袋，總覺得有點討厭啊。」

我細細觀察寢具的每一個角落，確認上面的氣味，擔心是否有什麼奇怪的污漬。

「要抱怨前先聞聞你自己的襪子吧。睡袋又沒多髒，跟在山屋過夜沒什麼差別吧。」

「是沒錯，但是這些應該是罪犯用過的睡袋吧。」

已經躺在床鋪上的翔太郎，雙手枕在腦後，用嘲笑的眼神盯著我檢查睡袋。

看來睡袋並未拿來裝屍體，我安心地把睡袋墊在床墊上。由於上午在湖邊玩水，有些人帶著換洗衣物，不過我只能穿著沾染汗水的登山裝睡覺。

當我準備關燈時，我的手機突然震動了起來，似乎收到什麼通知。

明明沒有網路，怎麼可能有通知？我確認手機螢幕，發現是通話應用程式的通知。即使收不到訊號，這個通話應用程式也能透過設備之間的串連，讓幾十公尺以內的手機彼此連接通訊。

通知是來自麻衣的手機。

「喂？」

——啊，接通了。柊一？對不起，我只是試試。其他人都把這個應用程式移除了嗎？

這個通話應用程式是我們學生時期以爲登山時用起來很方便，所以社團的每個人都安裝了。不過應用程式意外地沒派上用場的機會，現在似乎剩我和麻衣還沒有刪掉。

「隆平呢？」

——他現在人在廁所。他說肚子不舒服。那就明天見了。

麻衣說完，準備切掉通話。然而在掛斷前，她又匆忙地這麼說：

——感覺害你一直很緊繃，眞是抱歉，要是我們沒來就好了。

「沒這回事啦，反正現在也完全不是說這個的時候了。隆平還好嗎？」

——嗯，他現在還好。那我先掛了。

通話結束了。

回頭一看，床墊上的翔太郎已經看穿整個情況，臉上帶著揶揄的笑容。

「喂，柊一，你和絲山夫婦之間到底發生了什麼事，你也該說清楚了。」

「也不是什麼有趣的事情啦。」

不過我不能再繼續含糊其辭，便壓低聲音說出經過：

「麻衣從前陣子開始找我討論隆平的事情，時間大概一年前左右吧。商量的內容大多是隆平一心情不好，就會用營養問題來批評她作的飯菜，或是他在鄉下開車就不繫安全帶之類的。大概是因爲他們兩人還沒好好交往過就結婚吧。」

「嗯？是喔？」

儘管在同一個社團，但我對他們到底怎麼會一同步上結婚禮堂，幾乎一無所知。他們是在即將畢業的時候開始交往，兩人都因爲找工作而忙得不可開交，當時的我甚至沒注意到兩人的關係。我只聽說是隆平主動追求麻衣。

在那之後沒幾個月，兩人就結婚了。根據麻衣所說，她漸漸覺得戀愛很麻煩，於是想著不如就此安頓下來。

「我和隆平從國中開始就讀同一個學校，所以對他還算蠻了解的。不過就算我了解他這個人，也不代表我知道該怎麼辦。結果我也只能說出『隆平就是這樣的傢伙』之類的話。麻衣找我商量的事情，最近似乎被隆平知道了。在那之後，麻衣就沒再聯絡過我。所以這次收到裕哉的邀請，聽到他們兩個也會來，讓我有點擔心會發生什麼事。」

「原來如此，那麼接下來呢？你特地找我來，是希望我在你搶別人老婆的計畫中，幫忙參一腳嗎？」

「——才不是，別說那種噁心的話，我不是那個意思。只是我完全不知道隆平到底怎麼想，我眞的很怕。總覺得他會當眾羞辱我，類似公開處刑那樣。」

和隆平吵起來，結果被羞辱一番——我的確擔心這一點，也確實希望表哥在危急時替我擋一擋，才帶了他來。

翔太郎的臉上依舊浮現促狹的笑容。

「不過看來其實不用太擔心。還讓你特地來一趟，有點不好意思。」

「沒關係，反正我也順便看到了有趣的建築。」

「是嗎？那就好。不過見面後，我發現麻衣和隆平的反應都比我想像得普通。雖然有一種被隆平盯上的感覺，但什麼事都沒發生。明天反正大家就要回家了。」

「你覺得這樣就好的話，我也沒意見。只是要說什麼事都沒發生，有點言之過早。」

翔太郎用一種像是挑起期待，又像是做出不祥預言的語氣這麼說。

聊天告一段落，我關掉燈，鑽進睡袋裡。

走廊的燈光一直亮著。從門縫流滲而出的光線，裁切出房門長方形的輪廓。

明天天亮之後，最好還是儘早離開地下建築。

接下來還要走山路回別墅，再從別墅開車回東京。明天想來會是忙碌的一天。

第二章　天災與殺人

一

一陣金屬相撞的咔嗒聲響，讓我從睡夢中驚醒。

不該響起的聲音有如凶兆一般傳入我的耳中。我起身四處張望，尋找聲音的來源，然後注意到排列在牆邊的鐵架子正在震動。

就在我看到這幅景象的同時，我注意到整個房間都在搖晃。

「地震？——不會吧？」

我逐漸回想起我們所處的地方。我們並不是在普通的建築物裡，這裡是位於深山的地下建築。

「喂！危險，離遠一點！」

翔太郎比我更早醒來，抓住我的手臂，把還在發楞的我從鐵架子旁邊拉開。

下一秒，我便一屁股跌倒在地。

翔太郎抓住門把，勉強保持平衡。鐵架子接二連三地倒在地板上，搖晃瞬間變得更加劇烈。從建築的各處傳來東西傾倒或碎裂的聲響，甚至還傳來似乎是花發出的微弱尖叫聲。

地下建築本身也發出宛如生鏽鋸子磨擦的聲音。照這樣下去，整座建築會不會像掉進陷坑一樣，整棟往下沉？這幅景象從我的腦中一掠而過。

搖晃遲遲沒有停止。感覺已經將近五分鐘了吧？

緊接著——搖晃來到前所未有的強度。

一聲宛如敲響巨大銅鑼的異常聲音響起。聲音沒有立刻消失，而是迴盪在整座「方舟」之中。

「那是什麼聲音？到底怎麼一回事？」

「這個聲音不妙。」

原本還算沉著的翔太郎，第一次露出有些慌張的模樣。

搖晃終於停止了，建築沒有崩塌，然而翔太郎並未露出安心的樣子。他踹開有點卡住的房門，匆忙奔向入口。

大家紛紛從走廊深處出現會合，最後我們七人在樓梯附近全員到齊。

「啊！花，妳還好吧？」

裕哉出聲詢問。花在身後的紗耶香攙扶下回答：

「撞到頭了，有夠痛的。」

大家似乎都是在睡夢中被搖晃驚醒，加上身處在這座奇特的地下建築，每個人都露出一副難以相信眼前一切是在現實中發生的表情。

矢崎一家從餐廳斜對面的一〇三號房走了出來。

「請問一下，剛剛好像有聲巨響，沒問題嗎？感覺趕快到外面去比較好吧？」

矢崎揚聲詢問。這家人似乎想立刻逃出這座地下建築，太太和小孩都已經揹上背包。

翔太郎回道：

「你說得沒錯，快點出去比較好——要是能出去的話。」

——要是能出去的話？

聽到這句話，我睡迷糊的腦袋終於想到那個巨大銅鑼聲的來源。

鐵門另一側的洞穴通道上，放置著巨大的岩石。岩石恐怕是用來當作緊急狀況時的路障。萬一這次的地震讓岩石滾動了呢？剛才的聲音該不會就是岩石撞上鐵門的聲響？

翔太郎衝向鐵門，大家意識到事態的嚴重性，也緊隨在後。

只見翔太郎轉動門把，低喝著用力推動鐵門。看到鐵門毫無動靜，他就改用全身撞門。

儘管如此，鐵門也只動幾公釐。鐵門另一側的岩石似乎緊緊壓在門上，幾乎不留間隙。

「等等，讓我試試看。」

隆平握住門把，發出低喊，用力推門。

我也跟著加入行列，三人一同用力地把手按在門上，像在練習相撲一樣用力推門。

鐵門依舊不為所動。從鐵門傳回來的感觸，讓我們深深感受到光憑人力無法撼動這道鐵門。我們無力地垂下手，只見大家滿臉焦急地看著我們。

我們十人被困在了這個地下空間。

「該怎麼辦？——難道我們眞的就這樣出不去了嗎？怎麼會有這種事情？」

花恨恨地低喃。

「不——我們先下去看看吧。也許我們可以從下面想點辦法。」

在翔太郎的帶領下，我們從樓梯走向地下二樓。

二

在我們理解狀況之後，恐懼才隨之而來。

我們身處深山地下，地上無人知曉我們在此，手機也理所當然地沒有訊號。

要是我們無法移動岩石，結果就是我們無法從「方舟」出去，只能在這裡等死。

我想起小時候把裝著螳螂的昆蟲箱忘在抽屜內，最終讓螳螂死掉的事情。當我發現螳螂死掉的時候，我對這種恐怖的死法感到恐懼，甚至特地跑去公園埋屍體。儘管如此，區區昆蟲留下的罪惡感，不到兩三天就被我拋諸腦後。

此刻走在地下建築的每個人腦海，想必都在回想自己的人生，感受不斷攀高的恐懼。

我們來到了地下二樓的鐵門前。

這扇鐵門通往位於入口正下方的洞窟房間。

由於房間太過狹小，無法讓所有人都進入，所以先由翔太郎，然後是我、隆平，最後是矢崎，分別一一跨進門檻。

進入房間後，我們注意到天花板的異常。

鐵門附近的低矮天花板是由細細的鋼梁支撐，再鋪上木板的構造。然而樓上的巨大岩石撞破木板，直接裸露出來。此外，細細的鋼梁也彎曲了。

「哇！門完全被卡住了嘛——」

隆平攀著鋼梁，仰望著樓上。

從破損的木板之間，可以看到地下一樓的鐵門被堵住的樣子。纏繞著鐵鍊的巨大岩石緊緊地貼著鐵門。

矢崎一邊仔細觀察天花板，一邊說道：「不知道能不能把這些鋼梁拆掉，把岩石移到這裡來呢？如此一來，上面應該就可以過了。」

矢崎的提案是讓岩石直接打穿天花板，往下落進地下二樓。固定細鋼梁的螺栓是朝下暴露在外，看起來應該可以拆掉。

翔太郎出聲回應。

「僅僅拆掉鋼梁是不夠的。這塊岩石剛好卡在鐵門側的牆上和洞窟側的地板之間。除了移除鋼梁，還要施力把岩石向下拉才行。不施加相當力道的話，恐怕很難做到。」

要施加相當力道，把巨岩拉到樓下。

這樣的話，此處豈不是有再適合也不過的設備嗎？岩石上纏著鐵鍊，鐵鍊連著絞盤。只要轉動絞盤的把手，就能夠大功告成了。

正當我這麼想的時候，我立刻意識到要用絞盤的話，過程中有一個大問題。

我望向房間的深處，翔太郎沉默地點頭。

「簡單來說，只要拆掉鋼梁，轉動這個房間的絞盤，讓岩石落下就好了，對吧？不過這麼做的話，操作絞盤的人就會被困在這個房間裡。」

讓一樓的大岩石落進這個小房間的話，就會換小房間的出口被岩石堵住。鐵門附近的空間狹窄，掉下來的岩石會剛好卡住出口。

絞盤理所當然地只能從這個小房間內進行操作。

因此我們要離開這座地下建築，就需要把一個人留在這個地下二樓的小房間中。

翔太郎撇了撇嘴，開口說道：

「就是這麼一回事。讓岩石落到地下二樓，就會封鎖這個小房間的出口，或許這就是打造這座地下建築的激進分子設計時的用意。畢竟岩石的大小實在太過剛好了。」

也就是一旦用以堵住地下一樓鐵門的岩石落到樓下，岩石就能搖身一變，成爲分隔地下二樓和三樓的路障。

堵住地下一樓鐵門的大岩石只要時間足夠，就可以從外部突破。因此先擋住地下一樓，讓屋內的人撤退到地下三樓，再讓岩石落到地下二樓。一旦岩石落下，外人就無法輕易攻進地下三樓。對於這座恐怕是奠基於誇大妄想的地下建築來說，可說是再適合也不過的設計。

這個狹小的房間內，有著唯一通往地下三樓的樓梯。在通常的情況下，讓岩石落下來的人可以到地下三樓去，不過現在地下三樓已經被水淹沒。因此一旦轉動絞盤，轉動絞盤的人就會把自己關在這個像洞窟一樣的小房間內。

不論如何，我們姑且算是把握了現狀，便離開了小房間，回到走廊上。

隆平呻吟道：

「所以我們現在該怎麼辦？得要有人去轉動絞盤，讓岩石掉下去才行吧？然後其他人再逃出去，衝去尋求救援回來救人嗎？」

大家都渾身一抖。接下這個任務的人，就要一個人困在這間狹小房間內，苦苦等待救援——不論是誰都不想接下這項任務。

裕哉故作開朗地開口：

「唉唷，也不用太焦慮啦。總之我們已經知道該怎麼出去了，接下來還是好好思考一番，再行動比較好。」

地下建築內有許多罐頭，飲用水也沒有問題。兩、三週的話，應該還不用擔心挨餓。

「還有啊，我們可以在建築內探索一下，如果能找到什麼方便的工具，或許不需要用到絞盤，也能讓岩石掉下來。最好還是大家一起逃出去，不要留任何一人。而且不管到時要採取什麼做法，絕對都要用到六角扳手吧？畢竟我們還得拆掉鋼梁才行。總之先找扳手吧。」

他的建議確實合理。至少我們得先找到六角扳手，不然一切都是白搭。

大家都同意搜索。每個人都不想立刻面對誰要留在地下的難題。

二〇七號房的倉庫是個工具間，鐵架上收放著鋸子、錘子等眾多工具，是最有機會找到六角扳手的房間。我們所有人一邊整理因地震而凌亂不堪的倉庫，一邊尋找扳手。

然而，我們卻遲遲未能找到扳手。

地下建築內還有好幾個倉庫。因爲物品的收納存放並不縝密，所以六角扳手也可能在工具間以外的地方。

我們決定分頭行動，十個人各自在建築內搜索。只有花表示頭痛，沒有加入搜索的行列。因爲房間內被地震弄得亂七八糟，她決定在餐廳休息。

我和翔太郎一起在工具間旁邊的二〇五號房搜索。這裡似乎用來堆放材料，房間內堆著隔熱材料和金屬零件等。

「要是沒有六角扳手的話會有點不妙吧？用手肯定轉不動那顆螺栓。」

「可能，但是這裡應該不至於沒有扳手，畢竟蓋房子時一定會用到。」

扳手可能被用在其他地方，然後就被扔在那裡了。

「裕哉說的方便的工具，會是什麼呢？能夠不用到絞盤就移動那塊大岩石的工具，到底會是什麼？」

「誰知道呢。」

「要說的話，我只想得到炸藥。這裡就算有炸藥也不奇怪吧？」

「炸藥可不行，可能會引起崩塌，讓我們全員都死在這裡。」

這麼說也是。

「這樣的話，到最後還是得要有人留在這裡才行啊。到底要怎麼決定啊？」

應該不會有人自願留下。

如此一來我們是要抽籤嗎？矢崎一家會同意嗎？連矢崎家高中生年紀的兒子也要參加抽籤嗎？

翔太郎露出沒好氣的表情。

「已經暫緩的問題，就沒必要現在煩惱。反正我們遲早得決定。」

他闔上剛剛翻找過的紙箱。箱裡裝的似乎是牛皮紙膠帶和ＰＶＣ膠帶。

「——這個房間看來沒有扳手。柊一，我們應該不用兩個人搜同一個房間吧？這裡還有很多地方可以找，分頭找比較有效率。」

「呃——是啊，確實如此。」

我掛念著要怎麼選出留在地下的人，希望找人聊天。翔太郎卻毫不在意地逕自先行離開了房間。

我有一陣子都在有床的居住用房間晃來晃去。

可能會有六角扳手的房間似乎都已經有人在找了。雖然在這種地方找，有點像在偷懶，不過說不定反而是盲點。我抱著這樣的想法探頭看了看床底下，但只找到年代久遠的香菸空盒。

回到走廊，我尋思著接下來要去哪個房間，走上樓梯，來到機械室前。

我突然意識到一件事，於是奔進了機械室。

說起來——地上的情況如何了？只要監視攝影機沒壞掉，我就能確認。

我看向手機，時間顯示爲早上六點十三分，天已經亮了。

我打開了兩臺螢幕的電源。過了一段令人心急的時間後，影像顯示在螢幕上。

「喂？眞的假的——這樣沒問題嗎？」

入口和緊急出口的監視攝影機都沒壞。

我確認顯示著入口的螢幕，只看到上掀蓋附近有一些石頭，地震造成的影響並不大。

然而，緊急出口的畫面則是另外一回事。

螢幕上顯示出被大量土石掩埋的荒野，倒塌的樹木和巨大岩石伴隨著泥土高高堆起，看起來根本無法靠人力移動。

緊急出口的蓋子被土石埋住了。儘管緊急出口本來就因爲淹水而無法使用，所以不成問題，但我們面臨一個棘手的狀況。

緊急出口那一帶正是我們來地下建築時所經過的地方。

如果那裡發生山崩，被土石埋住，即便我們能成功離開地下建築，也很可能會被困在那裡。木橋說不定也垮了，那裡可是下山的必經之路。

由於手機收不到訊號，我們到時也無法打電話求救。

這樣的話，即使我們回到地面上，被留在地下的人也必須在那個狹小的房間中，熬過漫長時間。這使我愈發不想抽到下下籤，成爲那個倒楣鬼。

無論如何，我最好快點告訴大家這個情況。

正當我這麼想著，回到走廊上時，遠處傳來介於尖叫與怒吼之間的叫聲。

「喂！大家快來一下！大事不好了！」

那是隆平的聲音，聽起來是從地下二樓有絞盤的小房間附近傳來。

大家各自從房間聚集到地下二樓的鐵門前。

翔太郎在我前面。我跟在他身後，穿過狹窄的鐵門。

隆平蹲在小房間最裡面，右手握著一把六角扳手。我還在納悶他在做什麼，原來他是在觀察通向地下三樓的樓梯。

聽到我們的腳步聲，隆平站起身來，用六角扳手指了指腳下，開口說道：

「水增加了，水位明顯比昨天高。」

「什麼——真的嗎？」

淹沒地下三樓的水應該是長時間之下，一點一滴累積下來的積水。隆平卻說與昨天相比，積水明顯增加了。我和翔太郎跪在樓梯旁邊，探頭往下看。

「——水位有上升嗎？」

「看來是上升了呢。」

翔太郎回答。

我們不得不面對現實。昨天水只淹過樓梯第四階，水面逼近第三階，然而現在樓梯的第三階卻完全浸在水裡。

回頭一看，大家都在走廊上關切這裡的狀況。裕哉不知爲何不見人影，但是其他人都到齊了。

紗耶香不死心地詢問：

「眞的是水變多了嗎？難道不是地震導致樓梯下陷了？」

「不，看來並不是。水面水波微動，明顯有在流動，表示水正在流進來。」

地震顯然對地層造成了影響。地震的搖動似乎害原本只是緩緩滲入的水流變強了。

翔太郎短暫離開小房間，然後拿著一把角尺回來。他把角尺垂直地貼在第三階樓梯上。

大家屏氣凝神地等了五分鐘左右。隆平用手機的燈光照亮水面，以便確認刻度。

最後翔太郎確認了角尺上的刻度。

「毫無疑問，水位上升了。照這樣下去，這座地下建築沒過多久就會完全被水淹沒。」

翔太郎向眾人宣布。

隆平頓時失手把手機掉進水中。

三

我們走出小房間，站在走廊上面面相覷。

隆平的手機似乎有防水功能，只見他抓起自己的衣服，擦拭從樓梯撿回來的手機。

「扳手倒是找到了。」

隆平低聲嘟噥。根據他的說法，他原本是爲了確認找到的扳手是否適合鋼梁的螺帽，才會來到小房間。結果他不經意往樓梯下面一看，卻發現水位上升了。

「所以說，有人有想到什麼辦法，能讓岩石掉下去又不會被困住嗎？還是說，有找到什麼派得上用場的工具？」

被隆平這麼一問，眾人都保持沉默。大家都一無所獲。

「這樣果然還是要有人留在這裡嘛。」

事情顯然如此。

花打破沉默。

「我說——雖然還不知道要怎麼辦，不過要行動的話，是不是快一點比較好啊？最壞的情況下，如果眞的有人必須留在這裡，其他人只要立即下山，趁水位上升之前，找人來幫忙不就好了嗎？」

「但是那樣說不定會來不及——」

麻衣道出不祥的擔憂。

有件事情得先讓大家知道才行。我帶著大家走向機械室。

大家看到監視攝影機的畫面，紛紛發出呻吟。

緊急出口附近發生了山崩。翔太郎取出了「方舟」的平面圖，比對了緊急出口的位置和螢幕中的山崩情形。

「——從這個樣子來看，那座木橋很可能被土石衝垮了。」

此外，即使木橋沒事，途中的山路也有不少險峻的地方，地震很可能造成其中哪處無法通行。如果那條路不能走，即使我們成功回到地面上，可能也要費盡千辛萬苦才能下山。

「這樣的話——就算我們到外面，找人回來救援也會花很多時間吧？而且就算能夠馬上找到援手，要把被困在下面的人救出來，我覺得也是一個大難題。那塊岩石沒法輕易搬開，緊急出口也被埋住了，沒辦法馬上從那邊進去。」

花沉重地嘟噥。

這場地震並不單是讓岩石滾動，而是以一種絕妙的方式，把我們困在這座地下建築中。

地震經常會引發連鎖效應，造成一連串災害。地震之後，可能會產生海嘯，有時也會引起火山噴發。這座地下建築此刻正是成爲了這類二次災害的微型世界。

翔太郎開口：

「簡明扼要來說，現在的情況是要逃出這裡，有一個人就必須被困在這座即將淹沒的地下建築之中。即使我們回到地面，也需要花費不少時間，才能叫人前來救援。在這段時間內，就只能束手無策地看著建築物被水淹沒，所以——我們要得救，就必須犧牲在場某個人的性命。我們必須要考慮，要把誰留在地下。」

先前的擔憂變成更沉重的問題，壓上我們的心頭。

這座建築裡某一個人必須成爲祭品！成爲祭品的人還不會以普通的方式死去，而是被單獨留在宛如幽暗洞窟的空間，慢慢等待水淹沒房間。

我凝目望過每個人的臉：翔太郎一副若有所思的樣子。隆平神色緊張，如臨大敵。麻衣微微垂頭，咬著嘴唇。紗耶香一臉泫然欲泣。花則露出驚愕的表情，彷彿仍然無法理解現狀。

矢崎一家的話——幸太郎似乎有些氣憤，他的太太弘子則是一臉害怕。只有兒子隼斗仍是一副事不關己的樣子。

他們一家三口都保持沉默，彷彿害怕開口說話，留在地下的差事就會落在自己頭上。

這些人之中的某一個人——也或許是我？會被留在這座地下建築嗎？

「喂，裕哉呢？他人去哪裡了？」

隆平突然回過神似地問道。

這麼一說，雖然剛才因爲一連串變故而無暇留意，不過裕哉從先前去找六角扳手後就不見人影。難道他沒聽到隆平的大喊嗎？

「先把裕哉找出來吧。我們必須全員到齊，才能討論這個問題。」

我們接二連三地跟在翔太郎身後，走出了機械室。

大家都很積極地尋找裕哉。

一方面是因爲在選出犧牲者之前還有事要做，讓大家都鬆了一口氣；一方面則是因爲大家內心對裕哉都抱著一股怒火。

說起來，我們會被困在這裡，完全是因爲裕哉迷路。要不是他迷路了，我們根本不會在這種地方過夜，因此每個人都想對他抱怨幾句。

裕哉應該也對這一點心知肚明。說不定他就是爲此煩惱，沒勇氣面對我們。我們該不會得要把抱頭縮在某個房間的裕哉硬是拖出來吧？

我們和之前尋找六角扳手的時候一樣，大家分頭在建築物中搜索。不過這次要尋找的東西比較大，所以應該不會花多少時間。

好一陣子，地下建築內迴盪著我們九人粗重的腳步聲。四周此起彼落地傳來大家呼喊裕哉的怒吼聲。感覺就像船隻在風暴中航行，船員各自散在船上各處行動一樣。

我前往二〇九號房的拷問房間查看。只見原本堆在房間角落的刑具，現在被地震震得散落一地。房間內不見裕哉的身影。

爲什麼我會先來這個房間找裕哉呢？我兀自納悶。我有種奇怪的感覺，告訴我應該先檢查一下最不祥的地方。

四

不久，我們找到了裕哉。

發現的人是矢崎家的兒子隼斗。他的驚叫聲響遍整座地下建築。

「找到了！人在這裡！他掛——他死了！他被殺了！」

發現地點是在地下一樓的一二〇號房，位於東側邊上的狹窄房間。

由於是利用地下洞窟建造的建築，房間就像蛋糕卷多餘的邊角料。這間房被當成倉庫。

屍體臉朝下倒在房間深處。一根髒兮兮的繩子纏在他的脖子上，在背後綁成死結。

翔太郎像滾動木頭一樣，用力將屍體翻過來。

「——是裕哉。人已經死透了。」

他的表情令人不忍卒睹。他的嘴巴和雙眼都張得老大，膚色已經開始發青。

每個人都依次進入房間，確認死者確實是裕哉。這也只是一種對死者的禮數，我們沒人想要近距離觀察他的屍體。

眾人不知所措地站在走廊上。

「爲什麼？爲什麼會一下子發生這麼多事情？」

花歇斯底里地大叫。

正如她所說，在這兩、三個小時內，發生了太多事情。我們被地震困在地下，建築物不斷進水。正當我們發現需要犧牲一個人才能回到地面，裕哉就被殺了。

「裕哉是什麼時候受害的？」

「當然是在大家一起尋找六角扳手的時候吧。除了那段時間，沒有其他機會了。」

翔太郎回答隆平的問題。

「是誰幹的？」

這次沒有人回答。

凶手當然就在我們之中。當時每個人都分散在這座地下建築內個別行動，可說是殺人的絕佳時機。凶手大概從哪邊找來繩子，悄悄接近正在尋找六角扳手的裕哉，將繩子套在他的脖子上，加以殺害。

儘管殺人令人憎惡，但也並非多難以置信。親近的人之間因爲爭執而引發殺人事件，即使不曾發生在身邊，在新聞中也不罕見。

只是在眼下此刻發生殺人命案，委實匪夷所思。

我們接下來必須選擇一個人當祭品留在地下。就在這個時候，裕哉剛好被殺了。

「到底是誰？是跟裕哉學長有什麼仇嗎？」

紗耶香小聲說道。

這時麻衣說出了我剛才隱約在想的疑問。

「有仇的話，挑現在這個時候不是很奇怪嗎？說起來，我們不是必須選出一個人留在地下嗎？大家原本打算怎麼決定呢？」

這是一個恐怖的問題。

如果裕哉沒被殺，我們十個人開會選擇犧牲者，會得出怎麼樣的結論呢？大家會接受十分之一的機率，賭上性命進行抽籤嗎？

我們也許會選擇抽籤，也可能不會。如果不是抽籤，我們說不定會進行不記名投票。

大家分別在紙上寫下自己認爲誰該留在地下，然後得票最多的人就要負責成爲祭品。假使我們採取這種方式，最終選上的人會是誰呢？

即使大家都選裕哉也毫不奇怪，畢竟是他害我們被困在這裡——大家心底應該都藏著這樣的想法。

或者我們根本不會搞不記名投票這種麻煩的事情，而是全員一起指責裕哉，責怪他讓我們陷入這種困境，把他逼進小小的洞窟房間，恐嚇他移動岩石。要是他依然不從，說不定我們就會動手折磨他，直到他痛苦難耐地放棄自己的性命。

我很難想像自己的表哥、大學朋友、昨天剛認識的矢崎一家，甚至我自己，會做出這種事情。不過如果別無他法呢？水位逐漸逼近，我們必須選出一人。不這麼做的話，我們就會全員死在地下。

翔太郎總結了麻衣的疑問。

「換句話說，假設有人對裕哉心存恨意並採取行動，這是一場完全得不償失的犯罪。畢竟放著不管，裕哉可能遭受比被勒死更悲慘的結局。就算我們不論凶手跟裕哉是否有仇，從簡單的角度來看，要是我們決定抽籤的話，殺害裕哉就會導致分母減少，提高自己的中選機率。」

「翔哥，你確定凶手當時眞的理解我們眼下的急迫處境嗎？我們在尋找扳手時，大家不都以爲我們只是被岩石困在地下嗎？凶手也許不知道緊急出口發生坍方，而且地下水正在迅速湧入。」

「這很難說。凶手不知道，也許比較說得通。不過從時間點來看，也可以想成正因為凶手比任何人都更早意識到這座地下建築處於危機，才決定犯下這起罪行。兩者都可能。」

凶手完全可能早我一步，查看了監視攝影機的畫面，也可能早在隆平之前，就意識到地下三樓的水位正在上升。

「不管是哪種情形，在這種狀況下殺人，到底對凶手有什麼好處，這點依舊成謎。不過凶手是在冷靜的狀態下殺人，這一點毫無疑問吧？」

成為犯罪現場的房間並不是存放繩子的地方，所以凶手必須從其他房間帶繩子來犯案，讓人很難認為凶手是在一時衝動下殺人。

「毫無疑問，凶手可說是異常冷靜。畢竟即使在這種生死存亡的關頭下殺了人，凶手依然毫不在乎地帶著一臉無辜的模樣，站在我們之中。」

確實如此。

儘管每個人都露出如臨大敵的表情，但沒人表現出因為犯行曝光而畏縮的模樣。

隆平開口催促：

「我說啊，到了這個時候，殺人的動機其實不太重要吧？」

「動機確實無所謂，就算我們不知道也沒差別。我們現在需要馬上知道的是誰殺了裕哉。在這座地下建築被水淹沒之前，我們必須找出凶手。隆平，你應該是這個意思吧？」

隆平——或者更確切地說——除了犯人的所有人，想必都理所當然地得出這個結論。

如果非得犧牲一個人，才能從這座「方舟」逃脫，那麼誰該成為祭品？答案當然是殺了人的凶手。

五

或許只剩不到一個星期的時間，翔太郎如此宣布。

根據剛才用角尺測量的數值簡單計算，水要淹到地下二樓一公尺深，大概需要這麼多時間。若是水超過這個高度，操作絞盤就會變得困難。此外，發電機的燃料也大約會在相同時間耗盡。要在一片漆黑的地下建築內保持冷靜，想來應該並不容易。

在那之前，我們需要找出潛藏在我們九人之中的凶手。犯人將留在那個小房間，負責操作絞盤。

「——凶手又不可能就這樣乖乖聽話。」

花獨自嘀咕。

即使找出犯人，對方也不太可能會乖乖犧牲自己。想想也的確如此。

「這也只能在找到凶手後好好商量吧？只要凶手願意轉動絞盤，我們大家會一起補償凶手的家人之類——」

自己講的話太過殘酷虛僞，紗耶香自己似乎也受不了，說到最後就沒了聲音。

另一方面，隆平則是不吐不快地說出每個人都不敢講的事情。

「就算跟凶手說一旦被逮捕，這輩子就完了，凶手難道就眞的會願意犧牲自己拯救大家嗎？大家擔心的是這件事吧。要是就算我們說破嘴，也無法說動凶手的話，到時又該怎麼辦？大家一起死在這裡嗎？還是說要採取強硬手段？」

沒錯，我先前也在考慮事情演變成強迫裕哉留下來的可能性。在這個情況下，要面對的問題也沒什麼不同。唯一的區別在於，對方是否是殺人犯。

我無法想像我們強迫裕哉去操作絞盤，但如果對方是殺人犯呢？屆時我們就能壓抑罪惡感，對犯人加以折磨拷打嗎？不知幸還不幸，這座地下建築可說是刑具一應齊全。

麻衣責怪丈夫：

「爲什麼現在要說這種話，簡直像在挑釁。」

「——嗯，畢竟凶手肯定也在聽，還是別說什麼強硬手段比較好吧。」

花也表示同意。

儘管隆平像是想要愼重討論此事，事實上卻等於承認一旦事態緊急，就可能對犯人使用強硬手段，因此兩人才會反對現在討論這個話題。

我也贊同兩人的看法。在我們不知道犯人是誰的情況下，對犯人步步進逼是毫無意義的——我會這麼想，是否代表如果情況迫切，我也會對犯人動粗呢？

翔太郎一直像級任導師一樣，專注地聆聽大家的討論。最後他說道：

「凶手被揭穿後會採取什麼行動，取決於凶手是誰，現在想也沒用。目前唯一確定的是，如果我們不知道凶手是誰，我們就無法選擇誰要留在地下。我想大家的想法都一樣。」

大家都默然點頭。既然演變到這一步，就非得找出凶手不可。

我們最害怕的是——在不知道犯人是誰的情況下，迎來時限。如果我們九人中的某個人必須留在地下成爲祭品，而我們卻不知道誰是凶手，到時又該怎麼辦呢？

我們大概會明知對方可能不是殺人犯，但還是逼迫嫌犯犧牲自己移動岩石。萬一我們成功回到地上，卻發現眞凶其實在倖存者之中呢？要是我們把無辜的人留在地下慘死，這下就換我們成爲殺人犯。我自己當然也可能成爲不幸慘死的犧牲者。

或者說，在不知道誰是凶手的情況下，我們也許根本選不出祭品。說到底，我們眞的有勇氣強迫可能不是犯人的人犧牲自己嗎？要是眞的發生那種情況，我們九個人甚至可能全員都死在地下。

「總之，請大家伸出雙手。畢竟手上搞不好留有勒緊繩子的痕跡——能麻煩一下嗎？」

翔太郎這麼提議，首當其衝的是矢崎一家。

三人之前一直沉默，似乎是期望大家把他們當成無關人士，在一旁默默旁觀事情發展。

幸太郎像是要保護妻兒似地開口：

「不是我要說——我們被捲進這種事情，還要和你們一起成為嫌犯嗎？我們昨天才認識那個被殺的人，連話都沒說上幾句。」

「這話是沒錯，不過在現在的處境下，殺害裕哉的人不論是大學朋友，還是碰巧在同一地方過夜的陌生人，兩種可能性都同樣毫無道理。如果你只是無辜被捲入這起事件，確實很令人同情。但就目前來看，我們都是嫌犯，應該平等對待。」

「你是說我們也要遭受同樣對待嗎？」

「是的。從這座地下建築中，唯一一個能夠不留憾恨的逃出方法，就是在所有人都能接受的邏輯推論下找出凶手。警察大概只要透過鑑識，就能迅速解決這起事件。畢竟凶手應該行事匆忙，無暇在意留下的證據。然而在出去報警前，我們必須先找出犯人才行。因此只能用麻煩又老套的原始方法來找到凶手。」

我們陷入矛盾的困境，必須自行找出犯人，才能叫警察來。

矢崎用帶刺的眼神上下打量翔太郎。

「是由你來玩偵探家家酒嗎？」

「也不是說非得由我來。只要不是凶手，矢崎先生你們大可試試。只是要能拿出令大家信服的邏輯論述才行。所以請大家先伸出手掌。儘管沒什麼意義，但總好過連看都不看。」

矢崎家的三人猶豫地伸出了手掌。

由於先前在找六角扳手，三人的手理所當然地都有點髒，但並沒有握住繩子的痕跡。

接下來，我們也伸出手掌給彼此確認。大家的手都沾滿了灰塵。唯獨花因為之前頭痛，沒有加入尋找扳手的行列，所以雙手是乾淨的。

總之，我們並未發現可疑的人。但凶手可能戴著手套下手，或就算是直接握著繩子，時間也過了好一陣子，痕跡早就消失了。

「來確認一下大家的不在場證明吧。能夠證明自己不是凶手的人——」

「我們三人一直待在一起找扳手。」

矢崎立刻搶著回答，然而隆平一臉煩躁地回應：

「不不不，家人之間的證言可不能當不在場證明吧？說起來，我看到你落單喔！你不是獨自走在二樓的走廊上嗎？為什麼撒謊？」

矢崎沉默了。猜疑的目光紛紛投注在他們一家三口身上，讓三人縮起身子。最後太太弘子以克制情緒的平板聲音回答：

「在找扳手的過程中，我們曾經個別行動過一次。時間只有五分鐘左右而已。」

「所以我說啊，現在問題就在這五分鐘上。要幹下這檔事，五分鐘就夠了吧？」

隆平指著屍體。

「我可不是在說你們是凶手喔，我根本沒頭緒。總而言之，我只是要說，現在別打馬虎眼浪費大家時間。」

矢崎一家似乎還難以接受自己無論如何掙扎，都無法置身事外的現實。

儘管確認了每個人的不在場證明，依舊沒人能夠證明自己不是凶手。我自己也在找扳手的過程中與翔太郎分開了，所以有殺人的機會。花雖然一直獨自待在餐廳休息，但我們無法確定她的傷勢是否嚴重到無法犯罪。

「不用啦，沒關係，就把我也視爲嫌犯吧。雖然眞的很痛，不過這樣說也無濟於事。」

花自己搶先這麼說。

「也好，大家都是嫌犯。至少不會有人被排擠。」

翔太郎所說的沒人被排擠並不是什麼玩笑。不知道凶手是誰固然可怕，但人際關係出現裂痕，無法冷靜對話，也同樣危險。

要是有人的清白先得到證明，而凶手依舊不明，這樣下去的話，大家和剩下的嫌犯之間不知道會出現什麼問題。比起如此，不如大家都立場相同還比較好。

「——凶手到底打算怎麼辦？該不會凶手就打算等時間過去，我們不得不選擇一個人留在這裡，然後希望抽籤不要抽中自己，讓自己以外的人被留在這裡？這樣的話，不只是裕哉，被選中的人也等於是被凶手殺掉的吧。」

「麻衣，妳自己剛才不是才叫我不要說這種話嗎？」

隆平抱怨，不過接著換紗耶香開口：

「在這裡的人當中，真的有那麼惡毒的人嗎？我雖然不知道為什麼裕哉學長會被殺，但是凶手可以把理由全部說出來啊。這樣的話，我們也許能做點什麼——」

紗耶香費盡唇舌，努力向凶手喊話。

她自然不是真的關心凶手，只是希望這麼說，凶手就會自己站出來，事件迅速解決，大家得以逃出這座地下建築——她只是對此仍不死心地抱著一線希望而已。

我也情不自禁地希望有人站出來，自首就是凶手。

我們九人陷入沉默，目不轉睛地觀察彼此神色，彷彿期待凶手自己臉上會洩漏天機。

六

原先聚在地下一樓走廊上的我們，後來轉而移動到樓下。

大家終於都意識到無法立即找出凶手。我們必須做好覺悟，準備在這座地下建築中渡過一週，直到時限到來。這麼一來，除了找出凶手，我們還有其他需要解決的問題。

翔太郎開始分派工作。

「矢崎先生，我想請你整理一下電線。畢竟漏電就糟糕了。」

地下二樓的牆上布滿許多電線，配置在低處的電線恐怕在三、四天內就會被水淹沒。主要的問題是插座，我們必須先切斷插座的電路才行。

這項工作由身爲電工的矢崎負責指揮。

「我需要一把大剪線鉗，最好還有能用來絕緣的膠帶。」

我和翔太郎配合矢崎的要求，去拿需要的物品。

在尋找扳手的時候，我們在工具間隔壁的二〇五號房裡見過PVC膠帶，應該能派上用場。我們挑選了一捲寬版的黑色PVC膠帶，然後從工具間拿了一把大剪線鉗。

然而，當我們回到矢崎那裡時，他的手上早已備妥所需的工具。

他拿著一個藍色的工具箱，剪線鉗、鉗子等電工工具在箱中一應俱全，還有絕緣膠帶。

「我剛剛找到了這個工具箱——」

紗耶香解釋。她似乎去了走廊東側，從二一五號房拿來工具箱。

工具箱的工具似乎比較好用，用不上我們找到的。

矢崎前往機械室，檢查配電盤，關掉地下二樓所需的分路斷路器後開始工作。插座的電線幾乎都是直接暴露在外，因此作業上十分簡單。矢崎用剪線鉗剪斷電線，然後在末端纏上絕緣膠帶。我、翔太郎和紗耶香，以及矢崎家的人用手機照明，在一旁看著他工作。

插座大約有二十個。完成絕緣處理後，矢崎再次回去打開斷路器。結束作業之後，矢崎一家三口乖乖地把工具箱放回二一五號房。

另外要做的事情，是從地下二樓運出需要的物資。在我們進行電線的絕緣作業時，花、麻衣和隆平三人便是在處理這件事。

需要的物資主要是罐頭食品、水和數人分的長統靴等。由於水位變高會使進出地下二樓變得困難，最好趁現在將這些物品搬出來。

罐頭的種類有水煮魚、燉蔬菜和水果等罐頭，有效期限都在約四年前到期。我們試著打開一些罐頭，裡面都沒有變質，應該足以應付當前的糧食問題。

我在倉庫找到了一件釣魚用的連身衣。雖然只有一件，不過只要有了這件連身衣，即使水深超過腰部，也可以在不弄濕自己的情況下，進出地下二樓。

東西大致搬完，我們在地下二樓搜索是否還有其他需要的東西時，紗耶香在二〇四號房的儲藏室發出驚叫聲：

「喔，竟然還有這種東西。」

走廊上的我和翔太郎探頭望進房間，看看她到底找到了什麼。

她所找到的是潛水用的潛水氣瓶。由於地下建築物太大，我和翔太郎之前都沒注意到。氣瓶有兩瓶，一瓶容量十公升。在附近進一步搜索之後，我們還在氣瓶旁邊的塑膠箱中，找到兩個用來呼吸的呼吸調節器，以及配套的潛水面鏡。不過用來把氣瓶固定在身上的背架，以及潛水所需的配重鉛塊之類的都不見蹤影。

我們給兩個氣瓶裝上殘壓表一看，兩邊的空氣都只剩下三分之一左右。

「這些能用嗎？」

在水位步步進逼的情況下，裡面還有空氣的氣瓶總是令人感到安心。紗耶香大概就是爲此有點激動。

「看起來應該沒壞，但是啊——」

仔細一想，在當下的情況，這些潛水裝備幾乎毫無用處。

少了背架，就無法揹著氣瓶在水中潛水。即使有背架，能潛水的地方也只有地下三樓。就算成功下潛，緊急出口上面坍方，我們也無法從緊急出口逃脫。

因此這些氣瓶頂多只能在我們要淹死的時候，讓我們多活十幾分鐘而已。

「不過爲什麼在這種深山的地下，會有潛水裝備呀？」

「你眞遲鈍耶，柊一。既然地下三樓淹水了，從三樓拿東西就要靠這些裝備了吧。」

「啊——嗯，你說得也是。」

翔太郎這麼一說，讓我恍然大悟。說起來，備用的工具中，有一些工具不知爲何生鏽得很嚴重，說不定就是從淹水的地下三樓打撈上來。

「雖然不知道爲什麼沒有用來揹氣瓶的工具，說不定是在撤出這裡的時候，被拿來搬別的東西了。」

背架也許不是用來揹氣瓶，而是被當成背包，拿去揹其他東西了嗎？這種做法倒也不算奇怪。

我們決定把潛水裝備留在儲藏室。

回到地下一樓後，我們注意到有人貼心地把刑具從二〇九號房搬了出來，放在不起眼的走廊角落。

這些毫無疑問是我們可能會用到的工具。

搬完必需物品之後，我們在地下一樓的餐廳集合。

搬來的食物被堆放在長桌的一角。儘管大家可以隨意取用，但每個人都沒食欲。

「我們先來看一下裕哉的遺物吧。」

翔太郎這麼說，大家也表示同意。

考慮到這起殺人事件是在地震這種無法預料的情況下發生的，很難想像是犯人預先策畫好犯行，所以從裕哉的所有物中找到線索的可能性相當低。儘管如此，我們也沒有其他可做的事情，說不定還能找到一些有用的物品。

裕哉用的是鮮黃色的背包。由於原本沒打算過夜，所以背包偏小。我們從他昨晚過夜的一〇九號房拿出背包，並把內容物攤在餐廳的地板上。

裡面有他從大一用到現在的對折皮夾、貼著樂團貼紙的行動電源、收得雜亂無章的充電線、他剛買不久，聲稱要價二十萬的單反相機。底下是替換用的內衣、裝在塑膠夾鏈袋裡的棉花棒和指甲剪等小東西，還有幾個摺成三角形的塑膠袋。此外，還有一包昨天在便利商店買的洋芋片，包裝完好未拆。

從背包裡一一取出這些物品的時候，我不禁胸口一陣發緊。

看到裕哉的死狀時，我並未如此心緒動搖，然而從背包取出的東西，比他的軀體更加鮮明地勾勒出他活著的模樣。裕哉毫不懷疑自己還會再活個幾十年，看著他的物品，就能清楚意識到這一點。

我逐漸喘不過氣，但與其說是為了裕哉的死感到悲傷，更多是來自單純的恐懼。

我接下來也可能會面臨和裕哉一樣的命運。直到昨天前，我甚至沒想過自己會被困在這樣的地下。從這個角度來看，我和裕哉並沒有什麼不同。

認識裕哉的人似乎都難以直視他的遺物。矢崎一家則是沒什麼反應，謹慎地在一旁看著打開行李的過程。

翔太郎用手拍了拍背包的口袋，確認裡面沒有東西，然後向大家宣布：

「雖然早就知道了，不過果然沒什麼收穫——洋芋片就留下來好了，裕哉想來也不會生氣吧？」

他把洋芋片加進罐頭堆成的小山裡，然後把攤在地上的東西重新塞回背包。

「這個背包就由我來保管，大家同意嗎？」

沒有人對此提出異議。

七

檢查完背包之後，我們決定暫時自由活動。

雖然這種時候還自由活動，感覺也太過悠哉，不過也想不到其他可做的事情。

就算我們繼續窩在餐廳裡大眼瞪小眼，期限依舊一點一滴逼近，情況不會有任何好轉。

既然如此，至少讓大家像住在旅館一樣普通行動，或許犯人反而會因爲鬆懈而露出破綻。

沒人對翔太郎提出的想法表示反對。儘管不一定能找出犯人，不過大家都已經疲於繼續窺探打量彼此的表情。

「大家盡可能放鬆吧，至少趁我們還能放鬆的時候把握一下。」

聽到翔太郎這麼宣布，矢崎一家便迅速窩回他們住的一〇三號房。

我們像是看著亂發脾氣的老師走出教室一樣，目送矢崎一家離開。

我對此有些介懷，既想找人討論，又想避而不談。就在我開口之前，翔太郎拍了拍我的肩膀。在他的示意下，我們在矢崎一家之後，兩人一起離開了餐廳。

「——怎麼了？」

「我想再去看一次現場。一個人看也沒什麼意思，所以找你一起來。」

我們沿著走廊，走向地下一樓最靠近邊角的一二〇號倉庫。

現場的光景絕非令人想一看再看的景象，然而我仍舊不禁暗自期待，希望找到先前忽略的證據。

我們推開與其他房間相比稍窄的倉庫門。

現場依然維持著我們發現時的樣子。因爲大家無法繼續看著裕哉的臉，原本被翻過來的屍體，便以一開始的俯臥狀態放著。沒人想過要打理屍體儀容，把屍體移放到其他地方。

「你覺得裕哉在這裡做什麼？這裡可不像是適合找扳手的地方。」

這個倉庫存放的是塑膠管之類的物品，怎麼看都不像找得到工具的地方。

「嗯，是沒錯啦。我想裕哉當時大概也蠻焦慮的，畢竟當下這個情況是他造成的，他絕對很在意。此外，他雖然說要找能夠不把任何人留在地下的方便工具，但是那種東西當然找不到，讓他大概也開始感到大事不妙了吧？

「所以他才會一個人驚慌失措，裝出找扳手的樣子，避開我們每一個人。這對犯人來說應該算是絕佳的機會吧？想殺的對象剛好跟大家分開，就剩自己一個人。」

「很難說吧。假如犯人想殺裕哉，而裕哉又剛好落單，對犯人來說確實很方便。不過也可能是方便下手的對象剛好是裕哉而已。」

聽翔太郎這麼說，我不禁心頭一驚。裕哉只是方便下手的對象而已？

「你的意思是——對犯人來說，隨便殺誰都好？」

假使事情眞是如此，我也可能成爲被殺的對象。

「對，有這個可能性。不過就算說方便下手，畢竟當時大家都在四處找扳手，說不定還是會有人來確認這個最偏遠的倉庫，所以犯人依舊有被人發現的風險。也就是說，犯人不惜冒這個風險，也要在那個時間點殺人。這起事件的動機實在非常耐人尋味，只是想這個也沒意義，眞是令人煩惱。」

「怎麼說？」

「因爲就算知道動機，也只是一種可能性很高的解釋。簡單來說，就是『這麼說就說得通』的推測。動機這東西或許能用來說服我們自己，但除此之外沒用處。不管我們想到多少個合情合理的解釋，也不能因爲只有某個人恰好符合這個動機，就指責對方是凶手。在現在這種情況，需要的是能夠證明誰是犯人的明快推理。動機這種東西，還是等知道犯人是誰之後，直接問本人最實在。柊一，你也要注意，不要隨意把妄想說出口。輕率的臆測可能導致所有人都面臨生命危險。」

「好——我也知道啦。」

我完全可以想像，要是無憑無據指控凶手，十分可能造成情況失控。萬一大家意見分歧，豈非演變成互相殘殺的局面？

儘管我現在仍然覺得不太可能發生這種事情，不過這也許只是因爲我還沒有眞正意識到逐漸逼近的積水多可怕。距離時限還有一週的時間，我在內心的某一角，仍舊無法完全捨棄樂觀的想法，認爲事情或許會有辦法解決。

「能快點找出凶手就好了。」

「那是自然，愈早弄清楚愈好。只是問題是該怎麼找？」

現場只有一具脖子上綁著繩子的屍體，不管我們趴在地上怎麼找，都找不到凶手的鈕釦、毛髮，更別說死前留言。現場完全沒有留下任何可以當作線索的事物。

「沒辦法從繩子的綁法，推斷出凶手是左撇子還是右撇子嗎？」

「也許可以，不過這裡的九個人全都是右撇子。」

「——或者是從頸部的勒痕，推斷出凶手的身高之類？」

「憑我們是做不到的，這種事情就要靠警察了。」

「你覺得女性也做得到這種事嗎？」

「畢竟是突然從後面勒住脖子，裕哉的體型又沒特別壯，他還可能像你剛才所說，因爲責任感而消沉憔悴，所以說不定做得到吧？我不敢保證就是了。」

這種現場調查也太沒用了吧？

我和翔太郎都不是專家，什麼都搞不清楚也是無可厚非。然而在這種情況下要有理有據地指控凶手，實在困難至極。

凶手從別的地方取得繩子，悄悄接近裕哉身後，勒住他的脖子。凶手爲了確保他死透，還把脖子上的繩子打結，再一臉若無其事地離開現場——凶手的行動大致如此，問題在於這一連串的行動中，毫無任何謎團。

撇開殺人本身不談，凶手並未做出任何奇怪的事情。現場既不是密室，也沒發生被害者的衣物莫名消失，或是家具和擺設全都離奇地上下顚倒的情形。若有異常的痕跡，就能成爲破案的線索。但如果全無謎團，我們自然就無從解謎。

結果唯一矗立在我們面前的謎題，是凶手爲何要在當前的緊急情況下殺人。即使我們解開這個模糊的謎團，也未必有意義。

「沒辦法，還有一週的時間。情況也許會在這段期間內有所變化。」

情況有所變化，是指怎麼樣的事情呢？翔太郎的口吻就像昨晚一樣，不知道是抱持希望，還是在預示著會有更多的不祥之事。

我們結束毫無建樹的現場調查，向不再言語的裕哉小聲道別後，走出了倉庫。

八

時間過了下午五點。

地上的天色應該差不多變暗了。地下建築內的景象則沒有任何改變。只是到了這個時間，從通風口進來的外界空氣就會傳來絲絲涼意。

我茫然地坐在餐廳裡。

餐廳內除了我，還有兩個人。花坐在長桌的斜對面，而紗耶香坐在稍遠一點的地方。兩人都是把手肘撐在老舊的貼皮合板桌面上，埋頭戳弄手機。花似乎在玩益智遊戲，而紗耶香則在看以前的照片。

「翔哥去哪裡了？」

花突然開口詢問。

「他說想再測量一下水位到底上升了多少。他說要更精確地計算進水速度，確定什麼時候淹到這裡。」

「哦。」

花對此回以一聲漫不經心的回應。

隆平和麻衣似乎在一一七號房談事情。矢崎一家也在自己的房間裡窩著。

每當兩人戳弄手機螢幕時，就會響起指甲敲擊液晶螢幕的叩叩聲響。平常兩人並不會發出這種令人煩躁的聲音。

「現在還這麼悠哉，真的好嗎？總覺得哪裡不太對。」

花盯著手機畫面喃喃低語。

乍看餐廳內一派悠閒，帶著一種團體旅行最後一天，坐在旅館大廳時的慵懶氣氛。

我們並非忘了事態有多緊急，只是湧進的水和謀殺案似乎相互抵銷了。只要不解決謀殺案，我們就無法離開這裡。一旦想到必須等待事件解決，大家除了逃避現實，也別無他法。

我能理解花的心情：找犯人真的是我們現在該做的事情嗎？我們難道不是應該想辦法儘

早逃離地下嗎？

我們當然也知道除了犧牲某個人之外，沒有其他逃離地下的方法。既然這樣，我們自然無法對謀殺案視而不見。

只是案件目前毫無解決的跡象。不論是花，還是紗耶香，兩人想必都在心中大喊著不想繼續待在這裡，希望儘早回家。

現在不是做這種事情的時候——每個人心中都有這樣的不安。

然而大家也沒勇氣提議應該先逃離這裡，而非解決命案。畢竟眞正的犯人感覺也會提出同樣的意見。

大家聚在一起的時候，花似乎一直把這個想法藏在心底，直到現在在場的人只有我和紗耶香，她才稍微吐露出眞心話。

「花有想到什麼可以做的事嗎？」

「完全沒有。是說啊，光是我們沒有任何事可做，不就代表事情有多糟嗎？」

她把剛才無聊在玩的手機放到桌上，豎耳確認走廊是否有腳步聲，然後小聲說道：

「——我說，你們不覺得那一家人有點奇怪嗎？」

「矢崎一家？」

「對。」

「為什麼?」

花原本似乎期望得到附和的聲音，此刻朝反問的我投以難以置信的眼神。

「怎麼說呢，他們說自己是在採香菇的時候迷路，但會有這種事嗎?這裡可是在深山裡。就算迷了路，也不太可能走到這裡來吧?通常不是應該會朝山腳下山嗎?」

「呃，話雖如此，但也不能說絕對不可能吧?他們可能看地圖，以為走這邊會走到步道上之類的，這也可能吧?」

「那一般人會找高中生的兒子一起採香菇嗎?」

「會吧，雖然我在青春期的時候，絕對不會去。其實想一想，就算是現在，我也不會去。他們家大概感情很好吧?」

花露出難以接受的欲言又止表情。

「我也不是不懂妳的意思啦。那一家人確實有點怪。在這種鬼地方哪可能遇到像他們這樣的人，感覺很詭異。」

「啊，沒錯!就是這種感覺。昨天晚上我們見面的時候，我也超吃驚的。而且明明來到這種擺明不妙的建築，他們三人的反應卻很平淡。說不定遇到我們的時候還比較吃驚。妳說對吧?」

被花這麼一問，紗耶香附和。

「確實。雖說遇到我們也是會讓人嚇一跳，畢竟是在晚上的森林中碰到。」

說起來是很詭異。昨晚和花她們一起進入這座地下建築的矢崎一家，的確有點不自然。通往此地的路上有不少凶險之處，就算是迷路，通常也不會特地挑危險的路來走。此外，明明是來到一無所知的地方，他們的反應也過於冷靜。

「花的意思是，妳認爲那三個人不是偶然迷路，而是抱著某種目的來這座地下建築？」

「柊一不這麼覺得嗎？」

這種想法也不是沒道理。

然而，即使這個猜想是正確的，和謀殺的關聯依舊成謎。

「不過啊，就算他們特意來這裡，不論是今早的地震，還是我們因此被困在這裡，都只是單純的偶然。從這層意義來說，矢崎一家依然只是偶然被捲入事件而已。」

矢崎一家來到這裡的原因，到底有沒有可能與裕哉的謀殺有關呢？

「——我也不知道，所以我才只是說覺得他們很可疑嘛。」

花肯定希望相信犯人就在矢崎一家之中。比起認爲自己多年來的社團朋友之一殺了裕哉，這麼想絕對讓人安心多了。

然而仔細想想，如果犯人眞的在矢崎家三人中，事情會變得更加複雜。

矢崎一家的家庭關係仍然不太清晰，不過要是家人就是犯人，他們恐怕會互相包庇。畢竟一旦被認定是犯人，要面臨的不是法律制裁，而是被迫以極其可怕的方式迎接死亡。

或者他們一家三口全是共犯。不論怎樣，到時我們就會和矢崎一家之間形成對立。

如果眞的發生這樣的情況，我們雙方恐怕就要開戰了。就算翔太郎說必須罪證確鑿才能指控犯人，也沒人會理。在這座逐漸被水淹沒的地下建築中，可能會爆發戰爭。

「如果矢崎家的其中一人眞的殺了裕哉，妳認爲是什麼理由？」

「很難說，該怎麼說呢。」

花沉思了一會。

「——只要殺了我們這群人中的其中一人，犯人就會被認爲是我們其中之一，自己一家就不用留在地下了？類似這樣的理由，你覺得怎麼樣？」

花若無其事地說出這番恐怖的推論。

他們眞的能做到這個地步嗎？我們這群人的成員被殺，凶手自然就在我們這群人中——他們眞的是打算用這樣單純的理論，渡過眼前的難關嗎？

這種說法相當牽強，實際上，矢崎一家現在也被列爲嫌犯。不過我也確實聽到矢崎試圖用這個理由來證明他們的無辜。

「——矢崎家的人一直都待在房間裡嗎？」

「嗯？大概吧。他們三人似乎在那之後大多待在房間。至少我沒再碰到他們。」

聽到花這麼說，一直在一旁玩手機的紗耶香突然闔上深藍色的手機套。

「稍早之前，矢崎家的人好像來過餐廳？我好像聽到他們講話。」

「什麼？我完全不知道。眞的嗎？」

我也沒注意到。原來他們來過餐廳嗎？

當時兩人是待在一一五號房，所以並沒有看到矢崎一家。

「花學姊不是都戴著耳機嗎？我也只是隱約有聽到他們的聲音。不過他們果然是在避開我們吧。」

紗耶香心一橫似地開口說道：

「我說啊，就算先把矢崎一家是否是凶手的問題放在一邊，現在的狀況還是不太妙吧？他們是不是打算盡可能躲在房間裡，就這樣一直躲到最後爲止？他們是希望我們這邊自己把事情解決掉嗎？這樣感覺也太——」

這樣感覺也太過不負責任，做法有些卑鄙吧？紗耶香雖然沒把話說完，但似乎是抱著這樣的想法。

「找犯人說不定需要他們幫忙，而且對他們一無所知，難道不會讓人不安嗎？」

除了名字，我們對矢崎一家所知有限。只知道他們是當地人，以及他們的職業和學年。

他們對我們應該也了解不多。

「也許我們應該定期聚會，不然氣氛愈來愈糟——」

走廊傳來腳步聲，紗耶香連忙閉上嘴。

房門打開，走進餐廳的人是矢崎幸太郎。

「呃——打擾一下，我來拿晚餐，各位不介意吧？」

矢崎是自己一個人來，妻子和兒子似乎都留在房間。儘管他的用詞彬彬有禮，但眼神飽含猜疑地在我們身上打量了一圈，才走向放在桌子一角的罐頭堆。他隨意挑了三人分的食物，塞進像是超市贈品的環保袋。

當他急急忙忙地準備回房間的時候，紗耶香迅速喊住他。

「矢崎先生，要不要和你的家人一起與我們用餐呢？現在情況這麼糟糕，我覺得大家應該多聊聊，彼此討論商量比較好。不知道矢崎先生意下如何呢？」

「不用了。」

矢崎露出一臉困擾的表情。

「現在可能不太方便，內人和小孩都有點陷入恐慌。先失陪了。」

不等我們的回應，矢崎就離開了餐廳。

妻兒陷入恐慌也是無可厚非。儘管對於眼前需要謹慎以待的情況，紗耶香的邀請顯得有些直白，但我也想不出更好的說法。

不知道什麼緣故，矢崎的態度顯得比上午處理電線時更加疏離。注意到這一點，大家的心情更加沉重，後來幾乎沒什麼人說話，安靜地吃著罐頭當晚餐。

九

時間過了晚上十點。

花和紗耶香在餐廳裡閒聊。其他人都回到各自房間。

地下建築內迴盪著發電機刺耳的噪音。膽子大的人或許已經睡著了。若還沒睡，八成正竭力壓抑湧上心頭的不安，抱著膝蓋縮成一團。

我漫步走在地下一樓的走廊上。有一件事情實在讓我很在意。

自從確認過裕哉的背包內容物，我幾乎沒再看到隆平和麻衣的身影。

他們兩人一直待在房間裡，應該在討論什麼事情。因爲討論得實在太久，我也察覺出他們可能是在爭吵。

我沒見到他們來拿罐頭，說不定他們吵到連飯都還沒吃。

他們的房間是一一七號房。我躡手躡腳地靠近門口，注意不讓運動鞋發出聲響，將耳朵貼近房門。

拉近距離後，我清楚地聽到麻衣和隆平的聲音。

——隆平你爲什麼要說那種話？我眞的搞不懂，你那麼說會有什麼幫助嗎？

——啥？妳因爲這個才在生氣？讓我發火的事情，妳就一點意見也沒有？明明有問題的是對方才對吧？

——對方行徑又沒多奇怪，說起來問題根本不在這裡。你連這個都不懂的話，我眞的是沒辦法再忍受下去了。

我不清楚他們在吵什麼，不過是在目前緊急時期，顯得非常不合時宜的平凡夫妻吵架。他們兩人結婚才兩年多一點，和我們在一起的時候，往往都會變回以前在社團時的氣氛。因此我直到現在都還沒見過兩人以夫妻模式相處的樣子。

儘管兩人在爭吵，卻也證明他們確實是夫妻，讓我出乎意料地爲此感到動搖。在當下這種時刻，我還沒對麻衣的事情做好心理準備。

對話中斷了，緊接著是一連串物體碰撞聲。

突然間，我感到有人要開門，原本貼著門豎起耳朵的我連忙後退。

「——啊，柊一。」

開門的人是麻衣。她揹著自己的背包，一臉困擾地看著我。

我站在門口附近，嘗試解釋自己正好經過，但剛才的距離近得不太自然。正當我還在猶豫該怎麼說的時後，隆平已經來到麻衣身後。

「啊，柊一？——搞什麼，你在偷聽嗎？」

他將對麻衣的不滿轉向了我。

事情演變成這樣，反而讓我做出決定，想好怎麼回答。

「呃，雖然說是偷聽，不過通常我也不會多管閒事。但現在這種時候有人在吵架，大家自然會多關切吧。畢竟不知道會出什麼事，怎麼可能放著不管？」

「嗯，你說得對，對不起。」

麻衣站在我這一邊，給我打了一劑強心針。比起隆平，我更擔心她叫我不要多管閒事，暗著責備我偷聽。

「——所以說，到底發生了什麼？可以告訴我嗎？」

「嗯，其實呢——」

彷彿期待我這麼問，麻衣娓娓道來。

起因是裕哉的遺物——洋芋片。也就是和罐頭等糧食一起放在餐廳的那包洋芋片。

事情發生在我和翔太郎重新檢查現場的時候。當時花和紗耶香也離開了，餐廳變得空無一人。就在這個時候，矢崎家的兒子隼斗似乎想拿走洋芋片。

然而，麻衣和隆平恰好出現。隆平大聲斥責隼斗。

「——隆平大罵『你以爲這是誰的東西？』明明洋芋片不是任何人的，隆平卻猛地抓住隼斗的肩膀發飆。」

「這很奇怪吧？我們不是說要大家一起分著吃嗎？這應該是常識吧？隨便把東西拿走才是莫名其妙。」

面對丈夫的反駁，麻衣一臉厭煩。

「所以我不是說問題不在這裡嗎？在這種時候，洋芋片就讓給他吃也無所謂。你就那麼想吃那包洋芋片嗎？」

「才不是。」

「對吧？隼斗太可憐了。大家其實都不在意，就讓年紀最小的隼斗拿走那包洋芋片，也沒什麼不好。」

「後來怎麼了？」

我催促她說下去。

「隼斗哭出來，把洋芋片放回罐頭處，準備回房間。結果他的父母正好過來看看發生了什麼事，氣氛非常尷尬。我稍微解釋了一下情況，矢崎夫婦愧疚地低頭道歉就離開了。」

這下矢崎傍晚來拿罐頭時的樣子也有了解釋。他因爲兒子被人痛罵，才提高了戒心。

「所以要是他有先問一聲，沒人會有意見。舉個手說『我想吃這個，可以嗎？』就好了，難道不是嗎？」

不吭一聲就想獨占昨天剛認識的人的遺物，自然是非常缺乏常識的行爲。

不過聽完這件事，我心中原本對矢崎一家不斷膨脹的懷疑反而縮小了。那位長相比實際年齡稚氣的高一生行爲，與謀殺相比，顯得更充滿人性。如果有人在這種時候會什麼東西都吃不下，那麼有人在這種時候會想吃洋芋片之類的零食，想來也是人之常情。

「我都說幾遍了，就算隼斗有點不懂事，那也不是什麼大事。但突然大聲罵人絕對有問題。比起隼斗的行爲，這種做法才是沒神經。現在連凶手都還沒找到就吵起來，有什麼好處？我們說不定接下來還需要彼此合作耶？」

「嗯——是沒錯啦。」

我看準適合加入戰局的時機，接話幫腔。

「找犯人的過程中，我們也需要和矢崎家深入打交道。特意搞壞兩邊關係實在不明智。是說，隆平你這麼做，是不是覺得我們根本找不到凶手？你八成是想大家反正也不可能好好談，對吧？」

「沒錯。」

這點大概最接近麻衣想向隆平表達的重點。

「你是不是覺得只要發飆就能解決事情？你該不會想先給大家一個下馬威，表示即使找不到凶手，自己也絕對不會當祭品？要是你是這麼打算，那眞是無話可說了，有夠恐怖的。」

我和麻衣一起看向隆平，對他投以譴責的目光。

我隨口一說，麻衣便立刻附和，似乎讓隆平深受打擊。原本從門後探出半個身子的他，頓時露出扭曲的表情，往房內後退了一步。

「——所以妳打算怎麼樣？」

「我不是說要去找其他地方睡嗎？你自己剛才都叫我去別的地方，這樣也好。」

「去哪裡？妳要和柊一一起睡嗎？」

「啥？你在胡扯什麼？」

麻衣的語氣第一次變得暴躁起來。

「你們到底是怎樣？還背地裡偷偷摸摸聯絡，讓人有夠噁心。」

「都什麼時候了還在講這個，我受夠了。我要閃人了，明天見。」

麻衣用力關門，隆平則是更快一步把門拉上。

「你們一直都在吵架嗎？」

「嗯，不過更多時候都在冷戰。」

「是因爲隼斗的事嗎？」

「不只那件事，之前也有很多問題，我應該也跟你講過。我眞的沒辦法再繼續跟他在一起了。」

我和麻衣緩步走在靜悄悄的走廊上。

即使被人看到自己跟隆平吵架的場面，她也並未因此露出難爲情的樣子。也許在現在這種時候，這類情緒早已麻痺了。

「隆平他明明喜歡講一堆大道理，但一不知道該怎麼辦的時候，就只會發飆。他向來如此，到了緊急關頭，這個毛病似乎就變得更嚴重。他明明可以再多依賴我一點才對。」

「嗯——是這樣啊。」

我適度表示理解。若是太過站在她那一邊，感覺有點危險。

我們在地下一樓來回走了一圈後，麻衣選擇了一一六號房。

「我就選這間吧。」

房間就位於隆平房間的斜對面。雖然就結果而言，沒辦法和隆平離遠一點，不過地下一樓的其他房間都被地震震得亂七八糟，不先整理過的話，根本沒辦法住。

「妳一個人沒問題嗎？」

「嗯，我現在比較想一個人待著。有事的話，我可能會喊你。反正這麼近，一喊就馬上聽到。」

我幫她從其他房間把床墊搬進來。

「這樣應該差不多了，明天也還要忙。」

「嗯——」

除了睡覺以外，我們應該還有其他該做的事情吧？或許是出於這樣的猶疑，麻衣逗留在門口看著我。大家被關在這座建築內，每個人都懷抱著焦慮的心情，麻衣自然也不例外。

我們注視著彼此的雙眼，恐懼與各種情感在視線中交錯。我逐漸產生地下建築開始收縮，我快被建築壓垮的錯覺。不過麻衣最終還是開口了。

「那就晚安了。」

語畢之後，她輕輕地關上房門。

我最後一次和麻衣兩人獨處，是在什麼時候呢？自從她結婚後，我們雖然有聯絡，卻從未在沒其他人的情況下相約見面。

還在社團的時候，我們時常一起進家庭餐廳窩著，等同一班電車。有一次，爲了幫她挑登山用品，我們還曾經兩人單獨去逛街。有一段時間，我們感覺像在交往一樣。

剛才的時光與那段時間相比，雖然相當短暫，但我從未如此清楚地感受到自己與麻衣共享著相同的情感。儘管我們兩人共通的情感是因爲她的丈夫，使得這份情感不能說是很健全。

我一邊走向與翔太郎共用的房間，一邊用暈呼呼的腦袋思考。

在這近乎絕境的情況下，我快滿腦子都是麻衣的事情。

我並不是在逃避現實，事實上正好相反。因爲隨著我想得愈多，我對死亡的恐懼就愈發強烈。

十

被困在地下的第一個夜晚平靜過去了。

我無法入睡，整晚聽著音樂，直到天明。翔太郎似乎毫不在意，整晚都睡得很好。

當我去檢查絞盤房間的水位時，只見樓梯的第二階已經被水淹沒了。

恐怕到了明天中午過後，地下二樓就會開始少量進水。

早上八點左右，我們前往餐廳。翔太郎開了三個罐頭，我卻提不起食欲，默默坐他旁邊。

不久，花和紗耶香也起床了。花板著臉吞下一個呵欠，一邊問道：

「昨晚麻衣和隆平之間怎麼了嗎?」

我向大家轉述了矢崎隼斗與隆平的紛爭。兩人——特別是紗耶香,露出原來如此的樣子。

「——果然還是應該在兩邊關係惡化之前,儘早安排和矢崎一家談談的機會吧?」

「大概吧,若是做得到,當然很好。不過麻衣和隆平兩人的話,就算要他們和好,感覺也沒什麼用了。」

我不禁用一副事不關己的口吻評論。

「至少他們兩人在這裡的期間,應該可以好好相處吧?畢竟也都成年人了。」

「我也是這麼想,不過——」

紗耶香彷彿相信讓大家維持良好關係,就可以解決問題。維持良好關係或許有其必要,但不過是亡羊補牢而已。眼下的困境並非只要大家同心協力就能解決。

矢崎一家還沒出現,他們說不定早就吃完早餐了。

我決定離開餐廳。剛起床就遇到麻衣的話有點尷尬,我暫時也還不想和隆平碰面。

我和翔太郎回到房間。我感到睡意襲來,翔太郎似乎也沒有什麼要做的事情,只見他隨手翻著帶來的口袋書。

「紗耶香好像想再集合大家一次,舉行類似親睦會的活動,你覺得呢?辦個一次比較好嗎?」

「沒什麼不好吧？在做決定之前，保持良好關係當然比較好。」

翔太郎對此似乎沒興趣。

我昨天已經告訴他關於隆平的事情。我照例用一副旁觀者的口吻敘述，不過翔太郎肯定不會認爲我對麻衣毫無感覺。

親睦會舉辦得比我想像中還快。

當天中午，地下建築內的九個人齊聚在餐廳內。紗耶香先前再次向矢崎家提出邀請，他們也同意露臉。

矢崎一家想來也會害怕，要是一直無視我們的要求，說不定會遭到我們一夥人攻擊——就算他們有這樣的擔憂也不足爲奇。

我坐在長桌離門最近的位子，然後是翔太郎，接著是麻衣、紗耶香、花，隆則坐在最裡面的位子。自從昨晚之後，我就沒再和他對上視線。

長桌對面坐著矢崎一家的成員，自門口由近到遠，分別是隼斗、弘子和幸太郎。每個人面前都擺著辣味番茄牛肉醬罐頭、水果罐頭和水杯，算是落實了這次以午餐會爲名義舉行的親睦會。

紗耶香率先開口。

「矢崎先生，昨天我們好像讓隼斗留下了不愉快的回憶，實在很抱歉。人被困在這種地方，已經夠討厭了，沒道理還給你們臉色看。」

「沒有啦，因爲洋芋片跟罐頭放在一起，我兒子好像以爲想要的人就能拿走，沒想到是拿走你們同學的遺物，眞是失禮了。」

矢崎似乎難以理解爲什麼在這種狀況下，還要花時間解決洋芋片的事情。

儘管與當下情況的嚴重程度相比，洋芋片一事可說是微不足道，不過看到隼斗縮肩顫抖的樣子，就能感受到我們確實應該花時間安撫他。

「沒事的，我們學長只是情緒有點激動，並沒有打算嚇人。」

紗耶香大概希望讓隆平當場向隼斗道歉，平息整件事情。

然而隆平渾身散發著針對我和麻衣的敵意，就連做做樣子道歉，看來都很困難。只見他齜牙咧嘴地瞪著空氣，看在不明就裡的隼斗眼中，想必令人畏怯。

儘管如此，多虧紗耶香溫柔親切的聲音，隼斗才逐漸抬起頭。

我們一邊用餐，一邊不自在地閒聊。

矢崎夫妻年齡相同，兩人在三十二歲時結婚。他們養了一隻柴犬，不在的期間會由鄰居代爲照看，但他們還是有點掛心。此外，我們還得知了他們的兒子隼斗就讀縣立高中，參加了話劇社社團。

我的心頭上縈繞著花昨天提出的疑慮：矢崎一家三口是否與這座地下建築有關？

然而在我有機會出言試探前，矢崎卻搶先我一步開口：

「——各位其實是爲了特定目的才來這裡吧？例如來這裡試膽？」

「咦？算是吧。呃，也不對。我們不是來這裡試膽，只是聽說有個有趣的地方，所以就過來了。」

還沒問出口的疑問遭人反問，讓紗耶香不禁愣住。

「知道這裡的，只有那位過世的西村裕哉小哥嗎？」

「是的。」

「眞的只有他一個人？」

「呃，大家應該都不知道吧？」

紗耶香詢問大家。不過理所當然地，除了裕哉以外，大家連想都沒想過竟然存在著這樣的地下建築。

我才這麼想，提問的紗耶香卻好像回想起什麼事。

「啊，不過——這麼一說，裕哉學長約半年前曾經傳這裡的照片給我。就這一點來說，我算是知道吧。」

「咦？我可沒聽妳說過。」

花不禁插嘴。

我和大家都是第一次聽到這件事。眼看無心的一句話，可能會讓自己成爲眾矢之的，紗耶香連忙解釋。

「不是啦，完全不值得一提：之前裕哉學長跟我聯絡，問我最近過得怎麼樣，我就普通地回覆。結果裕哉學長說他最近發現了一個奇怪的地方，然後傳了這座地下建築的出入口和緊急出口的照片。因爲我也看不太懂，所以只回了一句『好像很厲害』，就結束了對話。我完全不記得了，不過現在仔細一想，當時的照片應該就是這裡。」

聽她這麼一說，確實不是大不了的事情。根據紗耶香的說法，緊急出口的上掀蓋一帶以外的室內照片幾乎都一片昏暗，光看照片也看不太清楚。當時那些照片又和其他風景照一起傳過來，讓她沒特別放在心上。因此即使來到這裡，也沒勾起她對照片的記憶。

裕哉傳照片的對象，就只有紗耶香一人。裕哉是因爲紗耶香喜歡攝影才傳地下建築的照片給她看嗎？或許他這麼做別無深意。

矢崎在意的究竟是什麼呢？

紗耶香發問：

「我想請問一下，矢崎先生，你們該不會和這個地方有什麼關係吧？」

「不——怎麼會呢，我們就迷路而已。」

矢崎立刻否認。

是不是應該進一步追問呢？矢崎似乎有些動搖。只是大家都還沒做好覺悟，要是不小心挑起事端就糟了。因此我們彼此打哈哈，沒再繼續問。

沒過多久，矢崎有點著急地開口。

「——所以說，命案有什麼新發現嗎？」

眾人陷入沉默。

最後翔太郎出面回答。

「沒什麼特別的發現。」

矢崎搖了搖頭。

之後，午餐會便結束了。

矢崎一家正打算回房間時，紗耶香像是想起了什麼似地喊住隼斗。

「啊，隼斗！不介意的話，要不要把這包洋芋片帶回去？」

隼斗露出不想被人重提舊事的煩躁表情，開口回答：

「已經不用了。」

矢崎夫妻一邊為兒子的冷淡態度致歉，離開了餐廳。

一意識到談話結束，換隆平猛地站起身，大步離開。

「感覺不是很順利呢。」

紗耶香用疲倦的聲音低喃。

結果眞正問題所在的犯人身分，依舊沒有任何進展。在這種情況下，突然將「其實是不是早就知道這個地方」的懷疑訴諸於口，可能不太明智。

「他們一家果然有點奇怪吧。他們幹麼那麼在意我們爲什麼來這裡？就說了我們又不是想來才來的。」

花輕聲嘀咕，但沒有人理會她的話。

這場親睦會只持續了將近一個小時。

我想大家或多或少都感受到，九個人一直待在一起的危險性。

人數不多的時候，大家碰面時還能保持冷靜；然而當所有人都到齊的時候，我們的心中就會產生想要大喊大叫「凶手到底是誰啊，別再耍花樣了，給我站出來！」的衝動。有這種想法的人，想必不僅我一人。除了凶手以外的所有人，在興致缺缺地閒聊時，內心一定都這麼想。一旦九個人聚在一起，我們的內心就會像光線被無限反射鏡加強一樣，每一個人的恐懼都被增幅放大。

我甚至覺得這次紗耶香策畫的親睦會，光是沒有半個人嘶吼發狂就可以算是順利。

十一

時間約是下午三點左右。

如往常一樣，這是自由活動的時間。我去完洗手間，正打算回到自己位於一樓走廊上的房間，卻剛好碰到紗耶香從一一五號房走出來。

她不知為何揹著背包，就像要離家出走。她一注意到我，就驚訝地退了一步。

「咦？怎麼了嗎？」

「柊一學長？——嗯，稍微發生了一點事。」

走廊上除了我們，沒有其他人影。紗耶香留意著自己剛才離開的房間，一邊解釋：

「我和花學姊商量後，決定分開睡在不同的房間。學姊說她昨天整晚都沒辦法放鬆，我也覺得學姊會這麼想也是無可厚非。」

「啊，這樣嗎。也是啦。」

雖然兩人昨晚還如常待在同一個房間裡，但想法有變也絲毫不足為奇。

紗耶香顯得有些落寞。原因並不是與花分房而感到孤獨，而是因為她難以接受眼前的現實。不管怎麼努力，我們目前面臨的情況，都不可能有圓滿的解決辦法。

「有什麼需要幫忙的嗎？要我幫忙搬床墊嗎？」

「咦？啊，沒問題的，我自己來就好。」

無精打采的紗耶香聽到我的提議，似乎突然回過神。她選擇了離樓梯比較近的一〇八號房間後，就迅速進了房。

一〇八號房間的東西散落一地。好一陣子，都從房間傳出她收拾物品的聲響。

晚上八點前，我和翔太郎在餐廳吃晚餐。

罐頭餐一成不變。只吃冷食已經漸漸令人厭煩。餐廳內有瓦斯爐，但點火裝置壞了。我們稍微試著修理一下，但似乎沒那麼容易修好。我們也沒人抽菸，所以沒人有火種。

我們快吃完晚餐時，紗耶香走進了餐廳。

「喔，晚上好。我也正想來吃晚餐。」

她從長桌上的罐頭堆中尋找想吃的，找到辣味番茄牛肉醬的罐頭後，舉起來給我們看。

「我可以拿這個去吃嗎？這是最後一罐。」

「喔，這樣啊？沒什麼不行吧，應該沒人會因此生氣。」

紗耶香拿走罐頭的話，辣味番茄牛肉醬罐頭便就此告罄。因爲先前的洋芋片事件，大家對於獨占貴重物品的行爲，變得十分小心謹慎。

「那我就拿走囉。我覺得這個還蠻好吃的。」

「那很好啊。」

紗耶香似乎想盡可能談點快樂的話題，但我沒興趣討論罐頭口味，所以沒積極回應。

紗耶香躊躇一下，決定一個人用餐。她拿著罐頭和裝了水的杯子離開餐廳，走向她剛搬進去的一〇八號房。

之後，我和翔太郎再次嘗試修理瓦斯爐，和瓦斯爐奮戰了一會。

我們不清楚其他人的行動。矢崎一家在七點左右來拿罐頭後就一如往常地窩進房裡，沒再出來過。

大約九點，我們放棄修理瓦斯爐，決定回一一二號房。

當我們踏上走廊，看到紗耶香和花兩人在一〇八號房前，紗耶香正在把某個黑色的東西交給花。

兩人手上到底是什麼呢？是在借手帕嗎？在我們走近之前，兩人就已經分開了。

因爲看起來不是要事，我沒有深入思考，心想明天再問她們兩人就好了。

一回到房間，我只戴上一邊的耳機，一邊聽著音樂，一邊放空。旁邊的翔太郎則和今早一樣，坐在床墊上，立起一邊膝蓋，讀著口袋書。他讀的似乎是一本外國遊記。

事件發生後已經快兩天。距離最後期限剩下五天。

儘管水已經開始淹上來，我們依舊在用手機或書本來打發時間。

我從未體驗過比這更詭異的時光，將來恐怕也不會有更勝於此的經驗。

我再次將已經不知問了幾遍的問題說出口。

「翔哥，你眞的毫無頭緒兇手是誰嗎？」

「不知道。」

我一如往常地得到平板的回覆。

由於案件本身毫無稱得上證據的證據，不停思考下去也未必能找到正確的答案。

這樣的話，悠閒得簡直像在享受假日夜晚的我們，究竟在等什麼？

翔太郎安撫似地對我說：

「現在我們沒事可做。既然如此，與其慌張失措，不如悠哉一點比較好。」

「這樣的話——我們也可能在不知道兇手是誰的情況下，迎來最後期限。」

「當然有這個可能性。如果眞的變成這種情況，就只能到時再想怎麼辦了。不過現在不需要爲這件事傷腦筋，反正根本不會有讓大家都滿意的好方法。」

他把口袋書丟在床墊上，伸了個大大的懶腰，然後又回到之前的坐姿。

「──說起來，花和紗耶香她們分開住了，對吧？」

「嗯，對啊。」

我已經向翔太郎提過在走廊上遇見紗耶香。

麻衣和隆平從昨天開始就因爲吵架而分開住，除了我和翔太郎，還有矢崎一家之外，其他人都是獨自一人窩在房間裡。

「紗耶香她們那邊，應該不是因爲吵架吧？」

「好像是昨晚一直無法放鬆鎮靜，所以才變成這樣。不過我也能理解啦。」

「因爲其中一邊對另一邊開始抱持懷疑，覺得對方可能是凶手嗎？」

「不，雖然這可能是部分原因，不過應該不是多具體的懷疑。」

要說誰是凶手的話，花和紗耶香兩人應該都在懷疑關係最疏遠的矢崎一家，不太可能懷疑彼此。因此兩人才能在發生殺人事件之後，依然在同一房間融洽相處。

情況並不危險，畢竟就算其中一邊是凶手，在這種情況下殺掉同房的另一個人，就擺明是自己下的手。這件事也攸關犯人性命，犯人想來不至於做出這種事。

然而即使知道這點，紗耶香她們依舊無法完全摒棄對彼此的懷疑。我也能理解兩人爲什麼在一夜之後，決定還是各自睡不同房間。

聽我這麼說，翔太郎點了點頭。

然而他似乎認爲問題並不是兩人之間的猜疑。

「我能理解兩人的行爲，柊一剛才說的應該也是正確的，但也只是部分理由而已。舉例來說，假設我們現在所處的不是這座地下建築，而是某個被暴風雪吞沒的山屋，救援需要一週後才能抵達。在這樣的情況下，如果有人被勒死，你會怎麼做？」

「呃——如果是這樣，我可能會建議大家集中在一個地方。確保大家持續監視彼此。」

「對吧，這麼做絕對比較好。晚上分成前半和後半輪流睡覺，上廁所也只能一次一個人。不接受異議。只要能嚴守這些規定，就能確保安全。

「不過很不幸的現實是，我們正在做與此完全相反的事情。大家齊聚的時間很短，甚至就連原本待在一起的人，也選擇換房間分開住。要說這意味著什麼的話，也就是——如果凶手打算繼續殺人，現在是絕佳環境。」

翔太郎半嘆氣地說。

這個可能性，我不是沒想過。只是他用懶洋洋的口氣，說出如此嚴肅的內容，讓我有些不知道該如何看待。

「翔哥是認爲裕哉被殺還不是事件的結束？」

「不是，那種事情無法得知。而且老實說，犯人不可能再次殺人。」

確實如此。

犯人的身分一曝光，就等於要在這座地下建築，面臨有如拷問的悲慘死法。好不容易在第一起案件中沒留下任何證據，有必要冒著危險再次殺人嗎？正因爲我們有這種想法，我們才會放下對彼此的警惕。

「那翔哥的意思是？」

「簡單說，就是我們現在處在一個非常特別的狀況。我們之間有一個凶手，但我們沒打算防患未然，反而像在提供犯人方便再次動手的環境。」

麻衣和隆平、花和紗耶香決定分開住，是想讓凶手再次下手的意思？

我覺得這樣的想法是過度解讀，大家的意志應該沒有明確堅定到那種程度吧。

然而我也無法否認，我們的心中確實在焦急地吶喊著「快點發生點什麼吧——」雖然不知道這究竟是對是錯，不過我們在某種程度上，都認爲要是非得在不知道凶手是誰的情況下選擇犧牲者，不如再出現一名被害者，藉此找出犯人。」

在這座地下建築中，存在著比被殺更可怕的事情。我們會被逐漸高漲的水淹死，所以實在沒心情擔心有人會被勒死。

「該怎麼辦呢？」

「不怎麼辦，我們也做不了什麼。老實說，就算我們昧著良心，希望犯人再殺一人，好給我們點提示，犯人也不太可能這麼做。」

的確。

不過——說起來，裕哉的事件本就是一起難以理解動機，不知道犯人爲何偏要在這種情況下手的謀殺，實在很難保證不會發生第二起事件。

我開始懶得再想下去，心中逐漸湧起對命案再次發生的期待。

這樣的話，誰會是下一個被害者呢？——我希望誰死去？

翔太郎用安撫的眼神看著我。

「總之，你要擔心什麼，我都無所謂。不過不用擔心自己被殺，畢竟有我在。雖然我也開始不確定這算不算好事就是了。無論如何，你好好休息一下。你昨晚沒怎麼睡吧？」

正如同翔太郎所說。

我把沒戴上的另一邊耳機塞進右耳，躺在床墊，閉上了眼睛。因爲和翔太郎在同一個房間，至少我不用擔心在晚上被殺。

我的思緒飄蕩在不安之中，睡意逐漸襲來。

第三章　被切下的頭

一

當我醒來時，已經是早上七點了。今天是我們被困在這裡的第三天。耳機裡的音樂就這樣從昨晚一直播放到現在。我拿下耳機，搖了搖腦袋。和我同年的女性歌手的歌曲，感覺就像耳垢一樣，從耳中簌簌落下。原本爲了放鬆心情而聽的音樂，到了早上卻厭煩不已。

我出乎意料地睡得很熟，但是感覺上沒減輕半分疲勞。

「早安。」

早就醒來的翔太郎沒特別看向我，向我道了早安。

「嗯——水位怎麼樣了？你已經看過了嗎？」

「我看過了，大致上與我的預估相同。大約從今天中午過後，就會淹到地下二樓。」

時限正在一步步逼近。

「時間又被我們一點一點浪費掉了。」

「誰知道呢，我只是確認了水位，不知道睡夢間，除了時間流逝之外，是否還發生了其他事情。總之，我們先去吃早餐吧。」

雖然沒有胃口，但我不想獨自待著，所以我連忙整裝，跟著翔太郎走出房間。

餐廳裡空無一人。我機械性地把吃得太多次，已經開始食不知味的罐頭魚肉送進嘴裡。

在我吃完之前，花走進了餐廳。

「啊，早安。」

「啊？嗯。」

花還帶著睡意回應，開始揀選水果罐頭。她在挑罐頭時，突然向我們拋出問題：

「紗耶香還在睡嗎？」

「呃？應該還在睡，我沒看到她。」

「這樣啊。」

花一臉憂鬱地打開了罐頭，猶豫是否要帶回房間吃。在一陣猶豫之後，她最終還是和我們一起坐在長桌前，慢吞吞地吃起水果罐頭。

「妳跟紗耶香之間，應該沒發生什麼事吧？」

「沒事啦，這樣也沒什麼吧。不論是我還是她，不要硬待在一起比較好。」

花的回答和我預期一樣。

不過紗耶香通常起床得比較早，花難得比她早醒來。

只是現在拿平常的生活習慣來比較，也有點可笑，畢竟紗耶香也可能因爲焦慮而難以入眠，導致早上起床比平時晚。

然而花似乎有所擔憂，讓她沒法這麼想。

她吃完水果罐頭，猶豫了一陣子才說出口。

「昨天晚上的時候，你們有沒有看到紗耶香？」

「沒有，我們沒看到她吧？」

我一邊回答，同時向翔太郎確認。昨晚我們吃完飯後就一直待在房間裡，所以對於紗耶香的情況一無所知。我最後一次看到她，是她正在遞某個東西給花的時候。

「說起來，紗耶香昨天不是拿東西給妳嗎？那是什麼？」

「啊，你說那個啊？我只是跟她借膠帶而已。」

根據花的說法，我們在餐廳裡的時候，發生了這樣的事情：

在一〇八號房吃飯的紗耶香不小心把杯子摔碎。爲了清理玻璃碎片，她從地下二樓拿了絕緣膠帶，想拿膠帶黏地板上的碎片。

當她清理完畢時，花剛好來看看紗耶香的房間，於是她就順便跟紗耶香借了膠帶。

「我現在的貼身衣服上，起了很多毛球，但因爲沒衣服可換，所以感覺很不舒服。剛好紗耶香手上有膠帶，正適合拿來取毛球。」

花就這樣借了絕緣膠帶來去除毛球。昨晚看到的，正是她借膠帶的情景。

我理解了事情的經過，不過花在意的似乎是在這之後。

「在那之後，紗耶香有點奇怪。我睡前在走廊上看到她，她當時正在各個房間東張西望，像在找什麼東西的樣子。」

「哦，是在借膠帶之後嗎？」

「對，九點半左右吧。」

她是需要什麼東西嗎？或者是掉了什麼？這座地下建築這麼大，就算掉了什麼東西找不到也不奇怪。花說紗耶香在找東西，聽起來應該不算不自然的行爲。

然而，考慮到紗耶香今早遲遲沒出現，我心中的不安逐漸膨脹。如果她只是找東西找到深夜才遲遲沒起床，倒不用太擔心——

花快步離開了餐廳。她似乎要確認紗耶香的房間。

僅僅過了幾十秒，花奔回餐廳。

「喂！紗耶香她人不在啊！」

「不在？」

「我就說了不在！房間裡沒人！」

根據花的說法，一〇八號房空無一人。

花非常激動，腦中顯然已經充斥著不祥的想像。

我們站起身，跟站在餐廳門口的花一起，前往紗耶香的房間。

紗耶香的房間位在通往地下二樓的樓梯旁。房門開著，顯然是花剛才確認房間內之後，就這樣開著沒關上門。

房間內確實空無一人。房間中央鋪著床墊，上面放著摺好的睡袋。

「眞的耶，行李也不見了。」

房間內不僅不見人影，就連紗耶香的背包也失蹤了。

連行李都一起不見的話，也可以想成是紗耶香改變心意，決定在別的房間過夜——不過如果是這樣，應該會連寢具也一起帶走吧？紗耶香想必會這麼做。

「喂，發生什麼事了？」

當我轉身回頭時，隆平站在我身後。

我簡短告訴他「紗耶香不見了」，他沒有多說什麼，只是默默吞了吞口水。

「事情還好嗎？」

接著換麻衣從房間來到走廊上，朝著我們走來。

因爲花在餐廳前發出的大喊，整座建築的人都察覺到有異常狀況。不久，矢崎家的三人也出現了。我們決定八個人一起搜索地下建築。

就在兩天前，也發生過相同的事情。當時大家是分頭去找遲遲不見人影的裕哉。我們八人一起行動，從地下一樓房號數字比較小的房間開始，逐一輕輕打開房門。兩天前，我們作夢也沒想到裕哉會被殺害，但這次情況不同。儘管我們一直大聲呼喊，紗耶香卻一直沒露面。也許紗耶香只是沒注意到我們的騷動，此刻在某個房間裡呼呼大睡——但沒人認為事情會如此和平收場。

地下一樓的盡頭是放置裕哉屍體的倉庫。我們打開倉庫的房門時，不禁湧起一絲緊張感。這裡同時是命案現場。

然而，倉庫內的情形和兩天前並無二致。只不過裕哉的屍體已經開始散發微弱的腐臭。

我們來到地下二樓。

這次我們反過來，朝鐵門方向，從東側房號較大的房間開始一路搜索。我們一一打開走廊左右兩側的房門。因為我們已經切掉鐵門附近的照明，所以把這一區留到後面。

大家都逐漸變得沉默。先前打開房門時，我們還會喊著紗耶香的名字，後來逐漸失去呼喚名字的力氣。我們的沉默不言自明，大家心中清楚我們在搜索的已經不是活生生的人了。

當我們接近樓梯時，機械的聲響逐漸變得刺耳。地下一樓的發電機聲一路傳到這裡。

我們終於找到了紗耶香。

大家腦中想必都對紗耶香的模樣有各種想像。由於每個人都認爲紗耶香已經遇害，腦中浮現的情景，想來都是像裕哉那樣被勒住脖子，或者是頭破血流的樣子。

正如大家隱約察覺到的，紗耶香已經死了。然而她的悽慘死狀超乎所有人想像。

我們在二〇六號房找到紗耶香。二〇七號房是儲放工具的倉庫，對面就是二〇六號房。

翔太郎轉動門把，不過是稍微開了一條門縫，一股不曾聞過的濃濃血腥味就直撲而來。

他用力打開房門，按下牆上的開關，打開房間的燈。

「哇——怎麼會這樣！」

隨著我大喊出聲，幾個人也發出短促的尖叫。

光目睹房間裡的樣子，一陣噁心感就襲上胸口。我拚命忍住反胃的感覺。

房間內躺著一名女性，一看就知道她已經死了。

眼前的屍體缺少了頭。

二

翔太郎留意腳下，慎重地踏進房間。

我也用袖子摀住嘴巴，小心翼翼地跟在他身後。
那具無頭屍體橫臥在房間中央，雙腳朝著門口，仰躺在地上。
「這是——紗耶香，對吧？」
「還有其他可能性嗎？」
翔太郎冷冷說道。
這具屍體的身分除了紗耶香以外，別無其他可能。屍體穿的牛仔褲和登山外套都是她的，身材也完全相符。即使不考慮這些，既然現場獨缺紗耶香一人，答案一目瞭然。
儘管如此，目睹眼前模樣悽慘的屍體，我不禁希望屍體的身分是不曾謀面的陌生人。要把眼前的物體當作紗耶香的屍體，實在太過缺乏真實感。即使在這麼近的距離下見到屍體，我仍然忍不住懷疑眼前是不是假的。
我轉過身，只見除了我和翔太郎，其他人都留在走廊上，直勾勾地盯著房間內的狀況。大家全都一臉不可置信，口中喃喃囈語。
花吐了。其他人也感到不適，但還沒吃早餐，沒東西可吐。
翔太郎蹲下檢查屍體。
「嗯？有刺傷。」
他指著胸口的正中間。

血的顏色和咖啡色的連帽外套顏色相似，一時難以辨識，不過翔太郎所指的地方，確實有被銳利物體刺入的痕跡。

「紗耶香是被刺死的？」

「以刺死來說，血量卻不多。或是先用刀子之類的凶器刺下去，等心臟停止跳動再拔出來，才變成這樣嗎——」

翔太郎一邊說，把視線投向屍體的脖子。

其他部位還勉強可以，唯獨脖子讓我無法直視。蒼白的肌膚被硬生生截斷，裸露出彷彿開始腐爛的暗紅色肌肉。

翔太郎用手指勾開屍體的領口，仔細端詳斷面一帶。

「不對，果然還是被勒死的。雖然只有一點點，不過脖子上還留有痕跡。」

頭雖然被砍斷了，不過在剩下的脖子上，還留有一點勒痕。

「有人用和裕哉相同的方式殺了紗耶香？」

「大概是吧，犯人應該是出奇不意地用繩子之類的凶器勒住紗耶香的脖子。不過殺了紗耶香之後的處理，和裕哉的時候截然不同。」

在裕哉的狀況，犯人把繩子纏在屍體的脖子上，就這樣把屍體丟著不管。然而這一次，犯人卻費了九牛二虎之力，處理了紗耶香的屍體。

「——首先，犯人特地用刀子刺了胸口。也許犯人想確實讓紗耶香斃命，不過感覺還是太過火了。」

犯人殺害裕哉的時候，是在裕哉脖子上綁住繩子，以免裕哉恢復呼吸；紗耶香的時候則是特地拿出刀子。

「然後再割下腦袋。應該用了鋸子。」

翔太郎說完後，環視房間。

這間倉庫占地寬闊，物品少到壞掉的水桶可在地上滾動。此外，樓上就是發電機附近，鋸子的聲音大概也會被蓋住。實在非常適合殺人和處理屍體。

地板上四處殘留著血痕。犯人似乎打掃過，不過不夠仔細，被擦過的血跡變成類似沙紋的圖案，還到處可見鞋子踩到血的痕跡。

房間角落放著塑膠垃圾桶。仔細一看，垃圾桶蓋的提把上還留著血跡。

翔太郎先離開房間，然後從另一個倉庫裡拿來一副含臂套的橡膠長手套。他戴上手套後，拎起垃圾桶的桶蓋。

「哦？犯人留下了不少東西啊——」

他這麼說著，首先從垃圾桶取出一件工作用圍裙，上面到處都是四濺的血跡。接著是橡膠手套，款式和翔太郎用的手套相同，同樣沾滿血跡。

接下來從垃圾桶出現的是長統靴。從鞋底來看，和地板上的腳印相符。這些就是垃圾桶內的所有東西。我原本還有預感，以爲會從垃圾桶找到紗耶香的頭，不過猜想並未成眞。

翔太郎將證據排成一排，好讓每個人都看得見。

「大家有看過這些東西嗎？」

「——不論是圍裙、橡膠手套，或是長統靴，都是地下二樓的物品吧。」

麻衣這麼回答，其他人表示同意。

我也記得在進行探索的時候，看過這些東西。這些原本都放在地下二樓。

「也太方便犯人把屍體的頭割下來了吧？工具根本是一應俱全——」

「是啊，就連鋸子和刀子，也能拿地下二樓的來用。」

「犯人沒留下凶器。」

「是呀。而且要說現場缺少的，比起凶器，更重要的是沒有頭。」

紗耶香的頭顱明顯不在這個房間內。

這也是理所當然，如果要把頭留在現場，犯人根本不用砍下頭。在當前的狀況下，不可能發生這種只是爲砍而砍的異常行爲。

然而犯人爲什麼要把頭帶走，這點同樣令人費解。

首先，我不懂犯人爲什麼繼裕哉之後，還要殺害紗耶香。對於犯人來說，這麼做只會增加風險。不僅如此，犯人不只殺人，甚至還割下紗耶香的腦袋。犯人淨做一些在這種情況下難以理解的行為。

「犯人到底要怎麼處理紗耶香的頭？」

「如果割頭的目的是為了把頭藏起來，犯人應該把頭丟進地下三樓了。現場沒找到凶器，說不定和頭一起處理了。」

「啊——也是。」

被水淹沒的地下三樓是處理頭顱的理想場所。把頭丟進去就不用擔心被人發現。如果要一併把行凶用的繩子、刀子和鋸子丟進水裡，還可以順手拿這些充當可沉到水裡的重物。

另一方面，橡膠手套、圍裙、長統靴等體積大的物品則被留在房間。我們也沒有檢驗指紋的技術，即使把這些證據留在現場，犯人大概也認為不成問題。

翔太郎再次認眞觀察起這些沾血的物品，結果在長統靴的右腳腳跟處有所發現。

「這是什麼？」

他從長統靴輕輕撕下來的，是被血染成褐色的薄薄碎片，應該是紙製品。

「這是什麼，面紙嗎？」

「不對，這個稍微厚一點——是紙抹布。」

仔細一看，紙片上有類似廚房紙巾的凹凸起伏，看來是用來擦拭油污的紙抹布碎屑。

犯人拿紙抹布擦拭地板上的血跡，卻沒發現紙抹布的碎屑黏在長統靴上。

「但這裡有紙抹布嗎？我完全沒印象。」

「有的。在地下一樓的一一八號倉庫裡。我記得那裡有五包兩百抽的紙抹布。」

好幾個人都點頭。聽到翔太郎這麼一說，我也回想了起來。一一八號房進門後，左手邊的鐵架頂層塑膠籃裡放著紙抹布。

從地板的情形來看，應該會需要大量紙抹布來擦拭血跡。不過除了附著在長統靴上的紙屑以外，我們沒發現其他帶有血跡的紙抹布，恐怕是和紗耶香的頭一起處理掉了。

翔太郎把長統靴放在地板上，脫掉橡膠手套，然後朝著所有人說道：

「我待會再拍照蒐證，不過爲了以防萬一，請大家都仔細確認這些證據和屍體的狀態。指認凶手時，要是有人對發現屍體的狀況有不同意見就傷腦筋了。」

翔太郎等於要求每個人把現場情景烙印在腦海裡。

大家僵住了一會，最終還是聽從翔太郎冷酷的提議，宛如上香祭拜一般，一一輪流進入二〇六號房，確認紗耶香的屍體和證據。

結束之後，大家都回到走廊上。翔太郎站在眾人中央，開口說道：

「接下來，我想進大家房間，檢查每一個人的行李。有人有意見嗎？」

「不會有人反對。快點開始吧。」

隆平搶先回答。

翔太郎不等大家調適心情，就展開調查，不過沒人表達不滿。

紗耶香的死太過駭人，令人難以理解。然而即使搞不清楚，我們內心依舊萌生一絲期待。

與第一起事件不同，這次兇手花費不少力氣，留下了大量線索。

毫無疑問，兇手就在我們八人中。犯下如此大膽罪行的殺人犯，真的能夠不留半點蛛絲馬跡嗎？我們說不定很快就能脫離地下，不再需要等待。

三

我們八人排成一列，依序檢查每個人的房間。

行李檢查得非常徹底。每個人的行李都在大家的面前被打開，甚至連內衣也被詳細檢查了一遍。

在割下頭部的過程中，犯人的物品會沾上血跡。當然證據很可能已被銷毀，不過這樣的話，缺少東西的人就會顯得可疑。

此外，犯人不知為何帶走紗耶香的行李。我們說不定能在某人的房間裡，找到她的物品。

然而令人遺憾，事件並未能如我們所期待地輕鬆破案。沒人缺少私人物品，也沒人拿著不該有的東西。

凶手並沒有犯下最基本的錯誤。

「我們再去紗耶香的房間看看吧。」

檢查完所有人的房間後，翔太郎這麼說。

既然找不到物證，現在我們需要按照順序思考被害者和犯人的行動軌跡。

我們先前只是確認紗耶香在不在，房間內或許還留有和事件有關的線索。

我們打開位於樓梯附近的房門，房間內空空蕩蕩，只有床墊和睡袋。雖然我們先前已經看過這幅景象，但在得知紗耶香慘死之後，眼前的房間頓時令人背脊發寒，彷彿我們正在窺探無底的深淵。

翔太郎拉開床墊，發現地上有兩個黑色的物體。

「這是什麼？」

他撿起來的東西是一段黑色膠帶。長約十公分，黏著面被黏在了一起。膠帶內側黏著顆粒狀的東西，似乎就是玻璃碎片。

翔太郎再次仔細地檢視了房間，然後發現房間角落有一堆玻璃杯碎片。

「原來如此。看來紗耶香的確用膠帶清理了碎掉的杯子碎片。矢崎先生，你對這捲膠帶應該有印象吧？」

矢崎瞬間嚇一跳，以為遭到懷疑，不過他迅速反應過來翔太郎的意思，接過膠帶。

「對，我有印象。這是絕緣膠帶。」

我們在兩天前，將地下二樓的電線包覆起來進行絕緣時，就是用這捲膠帶。看來紗耶香的行動如花所說。

「後來這捲絕緣膠帶就被花借走了，對吧？」

「——對。」

花用恍惚的聲音回答。

翔太郎代替花，說明了紗耶香昨晚的行動。

「不過我記得妳說紗耶香昨晚在找東西。」

花點頭。

「昨晚還有其他人看到紗耶香嗎？」

「我也有看到。她昨晚一臉傷腦筋地在走廊晃來晃去。」

麻衣回應。

「我也有。當時她探頭看餐廳的桌子底下，說起來確實像在找東西。」

隆平也出聲附和。

直到昨天之前，麻衣和隆平都還無法冷靜交談，現在在紗耶香異常的死法衝擊之下，兩人的情緒似乎都麻痺了。他們表現得就像剛好遇到同一起事件的陌生人。

不管如何，目前已有三人作證表示紗耶香昨晚在找東西。

「你們還記得看到紗耶香的時候，大約是幾點嗎？」

「大概十點，對吧？我睡前到餐廳一趟，想幫寶特瓶裝水的時候看到她。」

隆平詢問其他目擊者。

「我看到她的時候，應該是九點半左右。」

「應該差不多，我沒有特別記時間。」

花和麻衣相繼回答。

昨晚從九點半到十點左右，紗耶香一直在找東西。這一點確鑿無誤。

「紗耶香是在找什麼啊？」

對於我的問題，三名目擊者都露出尷尬的神情。

大家似乎都沒開口詢問紗耶香本人。麻衣和花表示她們只是遠遠看到了紗耶香的身影，距離並未近到可以說話。隆平的話，考慮到他昨天的態度，和紗耶香之間應該也不會出現這類對話。

「會和打破杯子有關嗎？」

「很難說，看起來沒有直接的關聯。」

紗耶香在她的房間用膠帶清理地板後，因為某種原因而開始找東西——然後遭到殺害。

「她是在地下二樓被殺的吧。」

「應該是。發現屍體的房間那一帶應該就是現場。要扛著紗耶香的屍體走在走廊上，風險實在太高了。」

仔細一想，對犯人來說，下手的機會恐怕就只有被害者獨自在建築內晃來晃去的時候。殺害裕哉的時候，大家都在到處東翻西找地尋找扳手；但這次幾乎每個人都待在自己的房間，建築內一片寂靜。犯人想來需要格外小心聲音，不太可能冒著風險，闖進房間殺害紗耶香。

「這樣的話，紗耶香在找東西這件事，對凶手來說豈不是天賜良機？想殺的對象剛好獨自在人煙稀少的地方亂晃嗎？還是說——」

該不會對於犯人來說，被害者是誰都無所謂，只是碰巧是紗耶香？但在「方舟」裡，犯人真的會抱著「隨便殺誰都好」的想法嗎？要犯下這些罪行，應該需要相當強烈的動機才對。

或者是說，在紗耶香採取的行動與她的遇害之間，存在著更明確的因果關係。

換言之，殺害的動機可能和紗耶香找東西一事有關。也許對於犯人而言，紗耶香在地下建築到處找東西會造成問題。若是如此，就能解釋爲什麼在這個時間點，發生了第二起命案。

「對了，凶手不是還特地拿走紗耶香的物品嗎？也就是說，犯案動機果然和紗耶香的行李有關吧。」

「也許。」

翔太郎輕瞪我一眼，隨口帶過。

在犯人在場的情況下，也許不應該當場討論動機。我決定打住話題。

「——總之，我們大致了解被害者的行動了。這裡應該沒問題了。再來我在意的是凶手擦拭血跡的紙抹布。我記得紙抹布應該在地下一樓深處的一一八號倉庫裡。」

我們八個人排成一列，前往下一個現場。

一一八號倉庫就在放置裕哉屍體的房間隔壁。一走進房間，我立刻注意到了異常之處。原本放在鐵架頂層的塑膠籃，被人移到地板上。籃子裡面有四包寫著「機械用」的兩百抽紙抹布。

「我問一下，有人把這個籃子拿下來嗎？」

沒人回答。顯然是犯人所爲。

「我當初看的時候，這裡應該有五包紙抹布。其中一包想來是被凶手拿走了。」

記得紙抹布有幾包的只有翔太郎一人，不過紙抹布的數量應該沒什麼好質疑。畢竟只要看到眼前的狀況，每個人都看得出犯人昨晚偷偷溜進這裡，拿走了一包紙抹布。

「我明白了——那麼我想請問在場所有人，在這個倉庫裡，除了籃子被拿下來，以及紙抹布被拿走之外，還有其他與昨天不同的地方嗎？」

大家一臉認眞地四處查看倉庫。

倉庫內除了紙抹布，還存放著衛生紙補充包、面紙，以及掃帚和海綿等清潔用具。根據我的記憶，這裡與上次進來時相比並沒有缺少東西。

沒有人發現其他異常。翔太郎點了點頭。

「好的，看來凶手到這個倉庫除了拿走紙抹布，沒有其他要事。」

因爲沒有其他要查看的事物，我們再次前往地下二樓，希望查明犯案凶器出處。

我們來到了二〇七號房的工具倉庫。因爲我們在找六角扳手時，曾經全員一起來過，所以大家都對這個地方很熟悉。

翔太郎從架上取下了一個陳舊的塑膠箱。

裝工具的塑膠箱有好幾個，分別存放不同種類的工具。翔太郎取下專門存放利器的塑膠箱。一打開塑膠箱，裡面塞滿了各種各樣的鋸子，如線鋸、金屬鋸、接木鋸等。

「這裡放這麼多鋸子，實在讓人看不出來變化。有人記得嗎？」

我們在找扳手的時候，雖然看過塑膠箱裡面，但說不出裡面少了哪一種鋸子。

不過這點也不是大問題。重要的是犯人能在犯罪現場附近，輕易找到凶器。我們也找到了裝刀類的塑膠箱，裡面有雕刻刀或摺疊刀等各種刀子。犯人肯定是從中選了一把，刺向紗耶香的胸口。

看完之後，翔太郎將塑膠箱重新蓋好，放回架上，接著他仔細地環顧房間。

這個倉庫在地下建築中，算是相對打理得比較整齊。雖然因爲太吵，犯人不可能拿來用，不過諸如老舊鏈鋸和圓鋸機等都收放在這個倉庫裡，機油和抹布也都整齊地排列在架上。在找扳手的時候，大家順便收拾了在地震中散落的物品，放回架上。

翔太郎站在倉庫中央，向所有人說道：

「——這樣一來，關於凶手用的工具，該確認的部分我們基本上確認完了。接下來就讓我們根據所知資訊，探討一下被害者和凶手的行動吧。」

翔太郎扳指細數似地開始回顧昨晚的事件。

「首先，紗耶香在清理完地板上的玻璃碎片後，開始找東西。接下來，她在晚上十點之後遇到了凶手。凶手恐怕就是在地下二樓發現屍體的現場附近，用繩子之類的東西勒住紗耶香的脖子加以殺害。接下來，凶手用刀子刺進紗耶香的胸口。只是這部分的順序並不明確，也許並不是殺害後立刻這麼做，而是在割下頭之後才刺。」

「這樣說不通吧？捅刀是爲了下最後一擊吧？砍下頭後再刺，應該沒意義吧？」

「那倒未必。首先，如果是最後一擊，只需要像對付裕哉一樣，把繩子牢牢綁在脖子上就好，明明拿刀子刺還比較麻煩，犯人卻選擇了不同的方式。犯人之所以這麼做，應該別有原因。如果是出於其他原因，那麼凶手在割下頭之後再用刀刺，說不定也是合理的。能交給專家驗屍的話，應該就能搞清楚刺胸口是在割頭前，還是在割頭後。不過反正問題在於刺進胸口的理由，只要找出原因，順序應該不是那麼重要。

「總之，凶手不知爲何決定割下紗耶香的頭，再上到地下一樓，從裡面的倉庫取用紙抹布。接下來，凶手準備好鋸子、圍裙、橡膠手套、長統靴等工具，開始割頭作業。如果下手俐落，整個過程約二十分鐘。工作結束後，凶手用紙抹布擦拭了地板上的血。要是不小心在走廊上留下血腳印就不妙了，所以最好清理得仔細一點。凶手想來也徹底檢查了自己的衣服和皮膚，確保沒沾到血。衛生方面的東西，就丟進犯罪現場的垃圾桶。再來是處理割下來的頭、沾血的紙抹布和凶器。目前看來，這些東西可能是被丟進地下三樓。」

我們並未徹底搜索整座地下建築，所以這一點還不能確定，但其他可能性不高。

「將頭等物品丟到地下三樓相當容易，從那裡就辦得到。」

翔太郎一邊說著，指向倉庫中裸露的岩石牆壁。

由於外側是天然岩石，倉庫牆壁並不平坦。靠牆的地板是沿著外牆形狀鋪設的鐵板，但是因爲流下外牆的水造成了生鏽，所以有幾處出現了間隙。

間隙最寬的地方足以讓頭部穿過。且由於地下二樓和地下三樓是打通的，不需要的東西就能這樣輕易處理掉。

從通向地下三樓的小房間丟棄，當然也是一個選項。不過只要稍微潛下去就可能被人發現，還是從空隙丟棄更加保險。

我走到牆邊，小心翼翼地從縫隙向地下三樓張望。

黑沉沉的水面已經逼近地下二樓的地板。由於縫隙不大，只能用手機的燈光稍微照亮，看不出水底的狀況——紗耶香的頭眞的是從這裡丟下去了嗎？

翔太郎繼續說下去，於是我離開牆邊，回到原本的位置。

「接著凶手從紗耶香的房間拿走了她的背包。這件事不確定凶手是在什麼時候做的。也許是凶手上地下一樓取紙抹布的時候，也可能是丟下頭，稍作歇息之後才拿走。我們至今還沒找到行李，也許應該假設行李和頭一樣，被以相同方法丟進地下三樓了。凶手的工作就到此結束。接下來就是回到自己的房間，仔細思考是否留下了任何證據。」

翔太郎的話告一段落，大家都沉重地嘆一口氣。

這樣回頭審視一遍，犯人的行事似乎只能用雜亂無章來形容：犯人不知爲何殺了紗耶香，不知爲何刺了屍體的胸口，不知爲何砍下屍體的頭，又不知爲何丟掉了紗耶香的行李。

「——明明在裕哉命案的時候，謎團少得可憐。爲什麼犯人要用這麼亂七八糟的方式殺紗耶香呢？」

「是啊。不過柊一，你忽略了一個謎團。」

「咦？」

我還漏了一個謎團？眼下的謎團還不夠多嗎？

「沒錯，這一點說不定是相當重要的謎。我該從哪裡講起呢？對了，柊一，你試著列舉出在這起事件中，凶手所需的一切吧。」

我雖然還不太明白翔太郎的意思，但還是老實地從頭回想他說過的話。

「好吧，首先需要勒脖子的凶器。繩子之類的物品吧？然後是刀子、鋸子、擦拭血跡的紙抹布、圍裙、長統靴、橡膠手套。就是這些了吧。」

「我提過的大致上就是這些，不過凶手還會用到別的。例如處理頭顱的時候，應該會用袋子裝著，也許是垃圾袋之類的。畢竟總不能就這樣抱著頭顱跑來跑去，血會一路亂滴。紙抹布應該也是一併塞進袋子處理。再來就是將頭顱和紗耶香的行李等一干東西沉入地下三樓時，所需要的重物。這靠鐵鎚之類的應該就夠了——那麼問題來了：如果要取得我剛才提到的所有作案必需用品，應該在哪裡找呢？」

「當然去各個倉庫翻找吧？」

「沒錯，凶手本來應該到處尋找張羅這些工具。但其實凶手在地下二樓的倉庫裡，就能找齊所需的一切。」

聽他這麼一說，我陷入思考。

的確如翔太郎所說，凶器和用來避免沾到血的衛生用品應該都能在地下二樓找到，而且剛才談到的垃圾袋和重物也能在地下二樓找到。

「凶手能在地下二樓找到所有用品，這對凶手非常方便。畢竟大家都睡在地下一樓，犯不著提高被發現的風險。然而在犯人使用的東西中，只有一樣東西不在地下二樓，也就是用來擦拭血跡的紙抹布。唯獨紙抹布，凶手得特地跑到地下一樓盡頭的倉庫取得。」

「對耶，你說得沒錯。」

「對於凶手來說，進出走廊深處的倉庫應該相當危險。因爲倉庫附近的一一七號、一一五號和一一六號房間，就是隆平、花和麻衣睡覺的房間。實際上，凶手在帶走紙抹布時，非常小心不發出聲音。從塑膠籃直接被留在地上，就可以看出這一點。」

因爲是鐵架，一不小心的話，放回塑膠籃時就可能發出金屬噪音。翔太郎表示犯人就是想避免發出聲音，才選擇不把塑膠籃放回去。

「另一方面，凶手卻好好地將地下二樓裝工具的塑膠箱蓋好，並放回原處。也就是說，在地下一樓的時候，兇手對發出聲音非常敏感。那麼爲什麼兇手要如此費心，特地跑去地下一樓走廊深處的倉庫拿紙抹布呢？這點實在令人費解。我們明白兇手需要東西來擦拭血跡，但照理來說，兇手不必特地到地下一樓也能達成目的。」

翔太郎向大家舉起放在塑膠箱附近的抹布。

我終於明白了我漏掉的謎團是什麼。

如果需要能擦拭血液的工具，這個工具倉庫內就有抹布。爲什麼犯人不用抹布，甘冒風險去拿紙抹布？

「兇手不知道這裡有抹布——不，應該不太可能。」

「確實不可能。兇手不可能沒看到。」

「成綑的抹布就放在開門後正前方的位置，而且位置還是在收納工具的塑膠箱旁。犯人在拿鋸子或刀子的時候，一定會注意到抹布的存在。更別說大家之前都進出過這個地方，犯人想必知道這裡有抹布。

「我們剛才已經確認過，兇手去那個倉庫，除了拿紙抹布以外，沒有其他要事。我們沒發現其他失物，從犯案經過來想，我也不認爲除了紙抹布，兇手還需要從那個倉庫拿走什麼。兇手取走紗耶香的行李時，雖然也必須前往地下一樓，但那裡的風險比較小。因爲一〇八號房靠近樓梯，而且旁邊的房間也沒人住。」

犯人爲什麼不使用抹布，而冒著危險拿紙抹布呢？

這個謎團對於找出犯人非常重要——翔太郎總結。

當他說完之後，倉庫內充斥著發電機的震動聲。

矢崎慢吞吞地開口：

「所以說，犯人到底是——？」

「我還不清楚犯人是誰。」

翔太郎乾脆地回答。

我感受得到失望的情緒在眾人之間擴散。因爲翔太郎說話充滿自信，大家都抱著期待，認爲或許能夠就此解開事件眞相。

結果翔太郎只是整理了情況，以雷聲大雨點小的方式收場。

「那麼我們接下來怎麼辦？」

「就像之前一樣。我們必須拚命思考凶手是誰。不知該算幸或不幸，裕哉的命案時嚴重不足的線索，這次則是大豐收。這樣也許就能組織出條理清晰的推理，指出凶手。」

矢崎拒絕就此罷休。

「到了這個時候，你還在說這種話，不覺得心態有點太悠哉了嗎？你難道還認爲一個犯下如此殘忍謀殺的凶手，一被人揭露罪行，就會願意犧牲自己，留在地下嗎？經過這起事件，事情不是已經很清楚了嗎？凶手根本就是喪心病狂。如果不是這樣，誰會去割下別人的頭？試圖條理分明地解釋這種傢伙的行徑，根本沒有意義。現在不是浪費時間的時候了，別再說什麼找出凶手來拯救大家，這種想法只是癡人說夢。現在應該要專心思考怎麼逃出去吧？不然我們也很傷腦筋的。」

矢崎的語氣逐漸變得激烈。他的兩名家人怯怯地縮在他的背後。

他的話或許是正論。我也想過我們原有機會得救，卻因爲顧著找犯人而錯失良機。不過沒人出聲附和矢崎，因爲他像在向我們強調自己的立場。

矢崎有家人，相對之下，我們則是一群一身輕的大學畢業生。兩邊性命的分量根本不同——我們能隱約從矢崎的主張之下，感受到這種念頭。

「最可疑的人在說什麼啊。」

花低聲細語。

一陣緊張感竄過全場。我知道她對矢崎一家抱有疑心，然而沒想到她會在這種時候，在當事人面前說出口。

翔太郎搶在有人說話之前，開口安撫大家：

「現在失去冷靜的話，我們自己就可能犯下殘忍的謀殺。請大家千萬不要忘了這點。」

他如此勸告大家，擺出一副剛剛什麼話都沒聽到的樣子。

說到底，選擇讓某人留在地下，說不定是比裕哉或紗耶香命案都來得殘忍的謀殺。只是非得選擇某個人留下來的話，我們在不得已之下得出的最好答案，就是犯下殺人罪的人。

如果我們無法針對這一點取得共識而逃出「方舟」，我們等於用冷酷的方式互相殘殺。翔太郎剛才便在提醒我們這一點。

「——我也不是不明白矢崎先生的意思，而且我自己也還無法找出犯人。不過無論表面上看起來怎麼樣，這起事件的凶手非常冷靜，絕對沒有發瘋。在這一點上，我認爲我們可以相信凶手。在必要的時候，我也認爲我們能與凶手冷靜討論處置方式。矢崎先生，如果你想到不犧牲任何一人，就讓全員逃離地下的方法，請務必和我們分享，畢竟我也很想知道。這是現在唯一一件比凶手的身分更値得思考的事情。」

我很清楚不存在那種方法，因爲我們自己也一再思考過這個問題。

現場調查至此結束。一如既往，接下來是自由活動時間。大家頓時作鳥獸散，彷彿要逃離無頭屍體所帶來的詭異氣氛。

四

時間已經過了中午十二點。

儘管現在是自由活動，但我和翔太郎有一項工作得優先處理。工作內容令人退避三舍，不過因爲沒人能處理，只能由我們接手——我們要處理紗耶香的屍體。

裕哉的時候，我們直接把屍體留在原地，但這次無法比照辦理，因爲地下二樓即將被水淹沒。

沒了頭的紗耶香浸泡在水中會是什麼情景？——我遲遲無法揮去暗紅色的血水充滿地下的誇張想像。

我安慰性地用頭巾圍住口鼻。我們首先清理花在走廊上的嘔吐物。我實在無法聞著嘔吐物碰觸屍體。

翔太郎對著屍體拿出了手機。

「以防萬一，記錄一下吧。」

他從各個角度拍下了少了頭的紗耶香。拍照存證當然有其必要，但我實在沒勇氣把這些照片留存在自己的手機裡。

要是有有色垃圾袋或塑膠布就好了，但地下建築內只有透明的垃圾袋。我們把幾個垃圾袋套在一起，裹住紗耶香的整個身體。

「好了，抬得起來嗎？」

「——嗯。」

翔太郎抬胸部，我抬膝蓋，我們兩人抬起紗耶香，慢慢朝地下一樓邁出步伐。少了一顆頭的屍體雖然不重，不過每踏出一步，我都會全身冒汗。紗耶香的屍體讓我覺得骯髒不潔。我無法忍受自己對她的這種想法，只想趕快擺脫這具屍體。

我們走上樓梯，朝地下一樓的盡頭前進。我們預定把屍體安置在裕哉的旁邊。一打開一二〇號房的倉庫，一股更濃烈的腐臭味就撲面而來。把紗耶香放在屍體腐敗的裕哉旁邊時，我克制不住地鬆開紗耶香的腳，頭也不回地奔出房間。

「——凶手果然還是有毛病。在這種被發現就死定了的時候，還能做出這種事情，根本不正常。」

我疲憊地蹲下來，對翔太郎這麼說。

儘管還有清理地上血跡，以及把長統靴等證據搬到樓上的工作，但我已經精疲力竭，便把剩下的任務都交給了翔太郎。

全都打理完畢，我和翔太郎站在地下二樓的鐵門前。

我們注視著小房間深處的樓梯。不久，水悄悄地流了進來。

我毫無意義地看了手機上的時間，上面顯示著下午兩點三十二分。

地下二樓終於開始進水了。

「好了，我們回去吧。」

確認地下二樓進水後，翔太郎用宛如見證煙火大會結束的語氣說道。

抬過屍體之後，我總覺得連自己的身體也在腐爛發臭。

回房間休息一下好了，我這麼想著，走上地下一樓，發現機械室的門半開著。

我心中納悶，探頭往裡面一看，結果是花在裡面。

「呀──」

花坐在椅子上，發出小小尖叫，然後全身轉過來，一副準備應付敵襲的戒備模樣。

我明白花的心情，沒再繼續往前靠近。

狀況和昨天截然不同。事情已經演變成連續殺人案。

不少人恐怕不曾認真擔心過犯人會冒著風險犯下第二起命案。

然而事情卻發生了，而且還是與花最親近的紗耶香遭到殺害。

花沉默地瞪著我一會，但在發現我臉色蒼白，顯然沒精神亂來之後，才稍微放鬆了戒心。發現我背後翔太郎也在，她似乎終於放下心。

「──二樓已經好了？」

「嗯，全部清理完了。也搬走紗耶香的遺體了。」

「這樣啊，謝謝。」

花重新坐回椅子上。她脫下鞋子，縮起腳，抱著膝蓋蜷縮了起來。

她的腳尖微微顫抖。她隔著襪子摸腳，想要撫平顫抖，但似乎難以停止。至今爲止未曾流露出來的恐懼，自紗耶香的死以來，開始像瘀青一樣浮上表面。我看著花的模樣，覺得這陣顫抖也逐漸傳染到自己身上。

花背後的兩個螢幕都亮著。她之所以在機械室，似乎就是她想要透過監視攝影機觀察外面的情況。

距離天黑還有一段時間。模糊不清的畫面和兩天前沒什麼不同。不只是坐落在枯草和稀疏林木之中的出入口，就連畫面上被砂石掩埋的緊急出口，都勾起我對地上空氣的渴望，令胸口一緊。

此外，一直盯著螢幕，讓人不禁覺得畫面上可能會出現救援人員的身影。不過這種事情當然不會發生。螢幕上只能見到麻雀一類的鳥兒飛來飛去。

「花吃過東西了嗎？」

「不行，我現在什麼都吃不下。」

她這麼說，從口袋中拿出一包軟糖。

花是在來這裡的路上，在便利商店買了這包軟糖。她似乎一直帶著沒吃。她原本以爲就算吃不下罐頭，好歹軟糖應該還可以，結果還是食不下嚥。

自紗耶香的死以來就沒吃東西的不只花一人，說不定每個人都處在絕食狀態。目睹那幅光景，要恢復食欲需要一段時間。

「這種東西看了真令人難受。」

花這麼說著，手指輕輕撫過軟糖的包裝。

印在包裝上的圖案，是面帶笑容嬉戲的可愛風動物。畫出圖案的人想必不曾想過，自己設計的包裝會出現在被困在地下，面臨淹水，甚至遭遇殺人事件的人手上。

我想起小學的時候，如果穿著印有角色圖案的衣服，挨老師罵時感覺格外悲慘。所以可能會挨罵的日子，我都特地穿著沒有圖案的T恤上學。

「不過呀，紗耶香應該沒受什麼苦吧？雖然她應該很害怕，不過時間沒很長，應該就一分鐘左右——而且割頭也是在她死後才發生吧。」

花自暴自棄地說。

「嗯——也許吧。」

猶豫一番，我這樣回答。

紗耶香恐怕絕非安詳地走向死亡。光是想像她突然被勒住脖子，面臨死亡的心情，就令人心痛萬分。

不過在這座地下建築內，有一人將迎接更恐怖的死亡。紗耶香的死法還不算最糟糕的，她至少不用在逐漸上升的水中，靜靜等待淹死——這點或許是種安慰。

我想起到這裡的當天，大家談論討厭死法的排行榜。

我突然冒出一個奇怪的想法：犯人該不會是爲了不讓裕哉和紗耶香在那個小房間裡死得那麼慘，才用好一點的手段來殺害他們？

但想也知道，這種愚蠢的想法當然不可能是眞的。裕哉和紗耶香又不是被選中要留在地下的祭品，最終還是有人必須接下這個工作。犯人根本沒理由冒著風險去做這種事情。

花一邊用手指玩弄穿著襪子的腳尖，向我們詢問：

「水現在怎麼樣了？」

「幾分鐘前，下面開始進水了。今後要穿長統靴才能下去了。」

「眞的喔。嗯，也是啦。」

她垂下頭。

「還有四天，對吧？」

「嗯。」

「你們眞的不知道誰是凶手嗎？」

翔太郎代替我回答：

「還不清楚。畢竟只是把嫌疑對象縮小到幾個人沒什麼意義，要找出犯人不是一件簡單的事。」

「只剩四天了，接下來有辦法搞清楚嗎？」

「不知道，我不能做任何保證。事情也可能不順利。」

聽到翔太郎坦誠的回答，花露出一副怨恨的表情。

說不定在矢崎一家以外，她最懷疑的對象就是翔太郎。以相處時日的長短排序來懷疑的話，翔太郎就會是她下一個懷疑的對象。

過了一會，她低聲說道：

「如果就這樣找不出兇手，等四天後，矢崎一家的人會怎麼辦呢？」

「什麼怎麼辦？」

「如果眞的找不出兇手，到時父母中的其中一人，就會選擇留在地下，對吧？畢竟還有他們自己的小孩喔？自己不這麼做的話，孩子就無法倖免於難。時間眞的快來不及的時候，應該會變成這樣吧？」

花在話中逐漸帶上祈求語氣。

內心某處，我也暗暗抱持著同樣想法。在期限一分一秒逼近下，如果找不出犯人，必須選出一人作爲祭品的時候，矢崎隼斗的父母可能會自願請纓。除此之外，沒有其他拯救兒子的方法了——要是兩人抱著這樣的想法，他們也許就會這樣選擇。

屆時我們就能得救。

先前矢崎以自己有家人的立場爲盾，主張我們應該優先脫困，而不是尋找凶手。事情反過來，沒有家人成了我們生存的優勢。我們就像是把他們兒子隼斗當成人質，而且還無須使用威脅言詞。我們就算什麼都不做，也能迫使他們抉擇。

我們在許多電影和漫畫中看過，孤身一人的角色代替有家庭或愛人的人犧牲自己的情節，但我們並不是這種感人熱淚的故事人物。

讓矢崎夫妻的其中一人犧牲小我——就算只是想想，這個想法也絕對不能說出口。花想必也不是不明白，只是紗耶香的死和逐漸逼近的期限，讓她失了分寸。

我現在也沒精神對她說教，便正面回答她的問題。

「可能，但也不一定。矢崎一家看起來關係很好，但我們實際上也沒聊很多。實際被逼上絕境的時候，我也猜不出他們到底會怎麼做。一般的父母會怎麼做？如果是花的雙親，妳覺得他們會怎麼做？」

花露出泫然欲泣的表情。

「——我爸爸去年去世了。我沒說過嗎？」

這對我來說是個新訊息。自從大學畢業之後，我就沒再聯絡過花。

我說錯話了。從花的表情來看，我想她父親即使犧牲自己，也會選擇留在地下救女兒。

「對不起，別想這些吧。」

如果是我的父母，事情又會怎麼樣呢？他們可能吵著互踢皮球，最後在無法達成共識的情況下迎來時限。他們兩人目前分居中，自從我開始工作以來，我還沒和他們見過面。

花垂下頭。我們陷入沉默。

突然背後傳來腳步聲。我轉身一看，發現來的是麻衣。

「咦？大家都在這裡呀。」

麻衣一臉意外。當她注意到監視攝影機的螢幕亮著，她的表情變得更加驚訝。

「怎麼了？發生什麼事情了嗎？」

「不，沒什麼。看起來都一模一樣，沒有任何改變。」

花恨恨地戳了一下螢幕。

「也是。是說，我剛才遇到了矢崎家的爸爸。」

麻衣恰巧在此時提起矢崎，讓花的臉上突然浮現內疚的神情。

「他好像有事想和我們說，說我們可能有誤會。我待會想請大家再集合一下，可以吧？」

「我明白了，集合地點就選在餐廳，行嗎？」

翔太郎詢問，麻衣點了點頭。

在這個時間點，矢崎想對我們說什麼呢？花剛剛才在矢崎家三人面前，脫口說出她對他們一家的懷疑。

「那就拜託了。還有一件事：能不能請誰去告訴隆平這件事呢？」

麻衣帶著尷尬的笑容，這麼問道。

五

此時地上差不多快黃昏了，大家都聚在餐廳裡。

大家的座位和昨天午餐會基本相同，只是今天面前沒擺罐頭。

矢崎嚴肅地開口了。

「關於我們三人，其實有一件事沒有告訴大家。因爲和事件絕對無關，我原本覺得不要特別說出來比較好。但因爲怕大家產生奇怪的誤解，我還是在這裡說一聲。」

「好的，請講。」

少了最擅長交際的紗耶香，麻衣有些不自在地回答。

「當初我不是說我們來採香菇，結果在山中迷路了嗎？這個說法其實不完全正確。我們確實迷路了，但我們當時並不是在採香菇。事實上，我們正是要來找這座地下建築。結果迷了路，天色又變暗。等我們終於弄清楚方向時就遇到了各位，讓我們嚇了一跳。」

「你們想找這座地下建築？一開始就打算來這裡嗎？」

「對。」

花朝我丟了一個眼神。

前天她才主張矢崎一家來這裡別有目的，現在看來是對的。

麻衣繼續問道：

「這麼說，矢崎先生，你們事先就知道這個地方囉？」

「不，說我們事先知道這裡就有點言過其實了。事情並非如此。」

矢崎含糊地反駁。

這個話題似乎讓他有點難以啓齒。他用一種不得要領的感覺開口說下去：

「各位不是說，這座地下建築也許曾經是新興宗教的據點嗎？這個說法完全正確。事情和我妻子的弟弟有關，其實——他加入了某個來路不明的宗教，然後在好一陣子之前失蹤了。」

「宗教？是什麼宗教？」

「我也不太清楚。總之，那個好像是叫末世思想嗎？他們似乎相信世界末日即將來臨，大家需要修行，好爲末日準備。我妻子的弟弟——他叫陽二——加入這樣的宗教，我一直擔心他會怎麼樣。結果兩年前，他突然消失了。我們完全不知道發生了什麼事，也不清楚是不是什麼事件，就算報警也是不了了之。直到最近，我從陽二的電腦上找到了他的日記。我們一直不知道密碼，沒想到偶然間解開了。日記裡面寫著這座地下建築，他們似乎在這裡進行冥想或是修行。我們第一次找到了我小舅子可能去了哪裡的線索。」

矢崎顯得很激動。

「所以你們決定來這座地下建築看看？」

因爲沒有其他人搭腔，麻衣努力接話。翔太郎出乎意料地不太感興趣，只是默默旁觀。

「正是如此。一開始我本想自己來，但我妻子和兒子也很擔心，我想人多一點可能比較安全。而且隼斗現在也不算小孩了，他又和我小舅子感情很好。我打算偷偷觀察情況，要是情況不妙就立刻逃走，於是就三個人一起來了。畢竟剛好放假，天氣也很好。但這種事情又不能突然跟初次見面的你們說，所以我們才說是來採香菇的，後來遲遲沒有道出眞相的機會，才讓你們覺得我們很可疑。總而言之，我們和這裡目前發生的事件完全無關。」

矢崎再次強調。

他的說法姑且合情合理。雖然我對於受末世思想影響的新興宗教團體沒概念，不過這座名爲「方舟」的奇異地下建築，替他的說法增添了不少眞實感。如果是這個地方，就算存在過他所說的宗教團體，也絲毫不足爲奇。

麻衣開口詢問：

「既然矢崎先生讀過你小舅子的日記，那在來這裡前，對這座地下建築有幾分了解？」

「我完全不清楚。日記上也只提到『方舟』這個名字和大致位置，以及要從類似人孔蓋的地方下去之類的說明。」

「你也沒看過照片嗎？」

「小舅子沒留下任何照片，所以我們才會迷路。要不是這樣，我們理應是趁白天來，在天黑前就回去，才不會落到這種下場。」

矢崎講到最後變成了抱怨。

結果那個宗教團體究竟發生了什麼事呢？「方舟」內就像是一夜之間人去樓空。他們解散了嗎？還是發生了更慘烈的事件呢？我想起自己曾經在維基百科上，讀過美國的邪教團體在幾十年前引發集體自殺事件的新聞。

總之，儘管他們成功來到這座地下建築，但地下建築內並未留下矢崎親戚失蹤的線索。而且隔天事態還發展成更嚴重的狀況。根據矢崎的說法，事情就是這樣。

矢崎向我們全員五個人詢問：

「這樣各位能接受嗎？我們來這裡並不是因爲什麼可疑動機。」

「我明白了。我們也只是因爲好奇而來，要論可疑度的話，應該不輸矢崎先生你們。」

翔太郎終於開口回應。

弘子和隼斗一直沉默不語，讓幸太郎說明一切。說明結束，他們就露出一副「這下懂了吧？」的得意神情，彷彿親戚的不幸是自己的後盾。

他們的表情似乎讓花和隆平感到不快。畢竟矢崎直到今日才終於肯說出眞相，結果內容卻對找犯人沒有多大幫助。雖說本來就是因爲花的疑慮，才會有這次集會，但他們顯然對此不置一詞。

莫名成爲主持人的麻衣也顯得不太自在，只有翔太郎全程面無表情。

繼續讓大家聚在同一個地方似乎有難度，既然誤會解開了，我們就此散會。

不過眞沒想到——我漫不經心思考——不久之前還在使用這座地下建築的人們，竟然眞的相信世界即將終結。他們想必都埋首修行，陶醉在只有自己能從末日倖存的妄想中。

在某種程度上，他們是對的。這座地下建築正準備迎來啓示錄的末世，我們即將接受最後的審判。然而諷刺的是，與《舊約聖經》中挪亞方舟的故事不同，洪水是發生在方舟內，此地並不存在任何救贖。

如果我們接下來即將受到上帝或其他神明的審判，我實在不覺得自己能夠從中倖存。矢崎的故事只是讓我心中產生毫無意義的焦慮。

六

入夜，我稍微恢復一點食欲。我盡可能選了氣味不強的燉蔬菜罐頭，帶回房間和翔太郎一起吃。

「我們可以相信那個故事嗎？」

「矢崎一家是來找失蹤親戚的故事嗎？」

「對。」

「我覺得可以相信。雖然他們沒給我們看證據，但一直懷疑對方只會破壞關係。」

翔太郎果然對這個話題不太感興趣。

不管矢崎一家來這裡的原因是什麼，都應該和命案沒什麼關係。關於這一點，我們之前就推敲過。裕哉和紗耶香其實是這個新興宗教的信徒，而且可能和矢崎家的親戚失蹤有關，兩人就是因此遭到殺害——這種劇本根本荒唐到不可能發生。

吃完晚餐，翔太郎難得在床墊上焦躁地抖腳，看起來在猶豫著什麼。

「翔哥啊，難道沒有什麼事情可以做嗎？我們就這樣光想不動手，真的可以嗎？」

裕哉的死沒有需要探討的謎團，我們只能一籌莫展地待著。

然而紗耶香的死充滿謎團，情況和昨天截然不同，我感到急於解謎的迫切與焦慮。

此外，翔太郎似乎有些煩惱，卻沒半點絕望失措的模樣，讓我覺得他或許已經掌握了解開眞相的關鍵。

「也不算沒事可做，但我還在想怎麼辦。」

翔太郎把雙手枕在後腦勺下，仰躺在床墊上。

接著他突然跳起來，嚴肅地開口：

「這樣的話，柊一，你再試著整理一遍紗耶香命案的謎團。」

「咦——明白了。」

我一邊回憶上午在地下二樓倉庫中進行的討論，同時慎重地一一列出以下問題：

一、事件發生前，紗耶香究竟在找什麼？

二、誰是殺害紗耶香的凶手？

三、凶手爲什麼要殺害紗耶香？

四、凶手爲什麼要用刀子刺紗耶香的胸口？

五、凶手爲什麼要割下紗耶香的頭？

六、凶手爲什麼不使用地下二樓的抹布，而要冒著被發現的風險，去地下一樓的倉庫取紙抹布？

七、凶手爲什麼要處理掉紗耶香的行李？

「大概就這些吧。」

「沒錯。」

如果把缺乏高必然性解答的事情視爲事件謎團，列出來的就是這七個問題。用這種方式來歸結，第一起命案的謎團也能整理爲「誰殺了裕哉？」和「爲什麼殺了裕哉？」這兩個問題。在紗耶香的命案中，異常狀況明顯多了不少。

「這樣我們該從哪個問題開始煩惱呢？」

「說是煩惱，但其實你舉出的謎團，當中一半現在就能找到答案。」

翔太郎簡單爽快地回答。

「你已經解開謎團了？」

「嗯，有幾個已經解開了。」

「但你還不知道凶手是誰嗎？」

「當然啦，不然我也不需要這麼苦惱了。」

翔太郎所知的事情，照理來說，我也全都知道。然而對於這七個謎團，不論是哪一個，我都只能雙手投降。

「已經解開的是哪幾個？我完全摸不著頭緒。」

「第一個、第三個、第五個和第七個。這四個謎團互相關聯，只要解開其中一個，其他的問題就會迎刃而解。」

也就是說，翔太郎已經知道犯人為什麼要割下紗耶香的頭了。

「——你知道凶手為什麼要殺了紗耶香？凶手殺害裕哉的動機應該仍然不明吧？可以在第一起命案動機不明的情況下，搞懂第二起命案的動機嗎？」

「偶爾也是會發生這種事情。不過說我知道動機是有點言過其實。我也無法找出毫無漏洞的完美說明，只是已經釐清了大致情況。那麼我就來按照順序解釋一下。

「首先要考慮第五個謎團：凶手為什麼要割下紗耶香的頭？如果這個問題解開，其他謎團也會迎刃而解。柊一，在一般情況下，你能想到為什麼凶手要割下被害者的頭嗎？」

「雖然你說一般情況，不過割下被害者的頭，可不算什麼一般情況！這種情形只會出現在古典推理小說的情節裡。實際上根本沒必要割頭。」

「就算是古典推理小說的情節也好，隨便說說你想到的理由。」

儘管翔太郎要我隨便說說，但我一時也想不起厲害的理由。

「——首先想到凶手試圖隱藏被害者的身分，凶手其實是和被害者互換身分之類的情形。不過這個手法在現代行不通，畢竟有ＤＮＡ鑑定。雖說這座地下建築沒辦法進行鑑定，不過除了紗耶香以外，屍體身分很難想像還有其他可能。畢竟假使那具屍體不是紗耶香，唯一的解釋就是在這座地下建築內，潛藏了一個身形和紗耶香相同的人，只是我們沒察覺到。紗耶香殺了那個人之後，在沒被任何人注意到的情況下，躲在這座建築的某個角落——這種說法實在太牽強了。」

「是呀。地下建築內還潛伏著其他人的可能性大可無視。這個地方雖大，不過要是有人躲在這裡，我們絕對會注意到。裕哉當時也說過這裡都沒改變，和他上次來的時候一樣。」

雖然顯而易見，翔太郎還是出言回應，贊成我的看法。

「再來是其他可能性，那些呢？——例如，凶手在被害者的頭上留下了證據，所以必須把頭顱帶走之類——不過眞的會有這種事情嗎？凶手下手時和紗耶香扭打，結果在紗耶香頭上留下口紅痕跡嗎？只要擦掉就好了吧，又不會被警察調查。而且眞要說的話，眼下根本沒人塗口紅。」

「在頭部留下證據，在這座地下建築中似乎是個不太可能的答案。畢竟沒人化妝。」

「那還剩下什麼可能性？凶手想要被害者的頭嗎？不可能吧。」

即使凶手是喜歡蒐集屍體的屍體愛好者，也不會挑這個時候。在這座地下建築中，要把屍體留在手邊的話，絕對藏不住，也沒辦法打包帶回家裡。

「非常重要的一點是：對凶手來說，割下頭部是極其危險的。作業時間至少需要十五分鐘，甚至可能二十分鐘。隨時有人來地下二樓，犯人卻仍然花費這麼多時間割下頭部。如同我們一再強調過的，在這裡被發現是凶手的風險遠遠高於地上。凶手殺人明顯不是追求快感，在這種情況下割頭必須有必要性。」

「那麼你有一個具有這種必然性的答案囉？」

「沒錯，這是唯一答案，我想不到其他合理解釋。這個答案不是很難，我認爲柊一也能想到。」

翔太郎盯著我的臉。

從小時候開始，翔太郎就經常像這樣給我出題，但我從未答對過。問題的難度總是恰巧稍微超出我的大腦極限，所以我學會在這種時候早早投降。

「我想不出來，告訴我吧。」

「是嗎？那我就說了。爲什麼凶手必須割下紗耶香的頭呢？其實當我們在思考這個問題時要記住一件事：那就是紗耶香在遇害前，正在尋找某樣東西。我們不知道她在找什麼。而此一事實與凶手動機有很大的關聯。我在發現屍體的時候，針對這一點稍微想了一下。有三種可能性：凶手想殺的紗耶香剛好在找東西；還是凶手本來就打算殺人，而紗耶香恰巧在找東西？或者正是因爲紗耶香在找東西，凶手才不得不殺她？其中最接近答案的是第三個選項。不過換個說法比較正確：凶手正是因爲紗耶香在找東西，才不得不割下她的頭。」

「啊？」

我發出困惑的聲音，翔太郎露出一臉「這樣你還不懂嗎？」的表情。

翔太郎的說明反而讓我愈聽愈迷糊。因爲紗耶香在找東西，才必須割下她的頭？到底是找什麼東西這麼可怕？

「她在找什麼？」

「她在找手機。」

「手機？」

「對，紗耶香的手機應該挺新吧？我沒實際看她用過，但我想應該有臉部辨識功能。」

臉部辨識？

一聽到這個詞，我腦中的迷霧開始消散。

「——這麼一說，紗耶香確實有在用臉部辨識。」

「這樣嗎？那就沒錯了。簡單來說，發生的事情大概是這麼一回事：

「紗耶香的手機裡有對凶手不利的資料，而紗耶香自己並未意識到這一點，但她隨時可能想到。對凶手來說，殺死紗耶香自然是當務之急。昨天晚上，機會來了。紗耶香獨自在找東西，可說是絕佳機會。不把握機會的話，要在這座地下建築中，不被發現地完成殺人，絕非一件易事。

「凶手成功地在地下二樓勒死了紗耶香。然而出乎凶手意料，在紗耶香身上找不到手機。紗耶香偶然弄丟了手機，所以才在地下建築內四處尋找。如此一來，凶手陷入困境。凶手原本計畫殺害紗耶香，接著銷毀手機就好，沒想到手機卻掉在地下建築某處。要是有人找到手機，用屍體的臉部進行辨識解鎖，就可能解鎖手機。」

「——所以凶手才割下紗耶香的頭嗎？」

「就是這麼一回事。」

翔太郎淡淡回答。

爲了避免遺失的手機被人解鎖——除此之外，犯人沒有其他理由需要在這座地下建築割下被害者的頭。

「那凶手爲什麼要處理掉紗耶香的行李呢？」

「可能因爲紗耶香的行李中，如果只有手機不見就會引起注意，凶手想避免這種情形。畢竟屍體沒了頭，手機也不翼而飛的話，這兩個事實可能被連起來，讓大家懷疑起被害者手中有對凶手不利的資料。凶手想避免這種情況。反正對凶手來說，處理行李的風險並不高。」

紗耶香的房間靠近樓梯，不太需要擔心引起注意。

正如翔太郎所說，第二起事件的謎團解開了一大半。然而翔太郎難以爲此高興，因爲最關鍵的謎團依舊成謎。犯人的身分才是最重要的，只要知道犯人是誰，頭部失蹤之謎的眞相根本無所謂。

「紗耶香手上對凶手不利的資料是什麼？」

「沒錯，問題就是這個。我說自己並非完全清楚動機，就是因爲我不知道這個問題的答案。這份資料讓凶手爲此殺了紗耶香，還割下人頭來避免曝光。不過我倒有一些猜測：在這個時間點絕對不能讓人看到的資料，毫無疑問地應該與第一起事件有關。」

「也就是說，紗耶香的手機上，保存著裕哉命案的證據嗎？」

「我是這麼猜想的。」

「但紗耶香自己卻沒注意到手上有證據嗎？這種事可能嗎？」

眾人都想找出犯人，紗耶香會隨身帶著證據卻對此渾然不知嗎？

「不過紗耶香不是常常在拍照嗎？也許在她的照片中，有可以找出凶手身分的線索。」

「原來如此。這樣她確實可能沒注意到自己拍的照片是命案證據——如果是這樣，眞的太可惜了。」

翔太郎面色一沉。

「眞是如此的話，實在太令人扼腕。要是紗耶香讓我們看過照片，也許我們就能輕易找到凶手。」

話雖如此，但紗耶香拍的都是些隨意的快照。她沒注意到重大證據就藏在其中，恐怕也是無可厚非。

「不管怎樣，即使我們想破腦袋，也無法得知凶手到底想要隱藏什麼。我們並非完全掌握凶手的行動，也無從確定凶手如何發現紗耶香的手機中有資料。就結果而言，我們被凶手搶先一步，不過現在或許仍然能亡羊補牢。」

「亡羊補牢？怎麼做？」

「首先，我們需要找到紗耶香的手機，手機應該在地下建築的某個角落。找不到手機的話就甭談了。」

犯人之所以費力割下紗耶香的頭，就是因爲找不到手機。要是我們找找看，說不定就能在哪個角落發現失蹤的手機。

「我想問你，有人知道紗耶香手機的解鎖密碼嗎？」

「手機的解鎖密碼——應該沒人知道吧？我想花也不知道。」

如果無法使用臉部辨識功能，就必須透過密碼解鎖手機。不過大家通常不會把自己手機的密碼告訴別人，家人之間也未必知道。

「我想也是，眞是傷腦筋。」

說起來，我們還沒檢查過裕哉的手機。他的手機一直放在屍體的口袋裡。

裕哉的手機款式老舊，無法使用臉部辨識。他手機的指紋辨識功能也壞了，讓裕哉每次都需要一一輸入六位數的密碼。

裕哉是在地震後突然遭到殺害，手機內不太可能有事件的線索，因此我們一直沒檢查。但就算有線索，犯人也大可放心，因為我們無法解鎖手機。

「唔，我們也是可以死馬當活馬醫，一個個猜密碼。不過裕哉好像提過，他把手機設定成只要密碼錯誤超過一定次數，資料就會重置。」

「總比什麼都不做好，雖然不能抱太大期望就是了。接下來就是——」

翔太郎盤坐在床墊上，抱著手臂，用一副可疑的表情盯著我。

「還有一個甚至不知道值不值得一試的無厘頭辦法。」

「什麼辦法？」

我好久沒聽到「無厘頭」這個詞了。

「潛到地下三樓，取回紗耶香的頭。」

「這個——實在是太無厘頭了。」

這是一個單純得目瞪口呆，但光想就知道不輕鬆的方法。

「要怎麼潛下去？」

「關於這一點，柊一你更清楚。我記得你有潛水執照？」

「——對。」

大學的時候，我們整個社團一起取得了潛水執照。不過在那之後，我只有下水幾次，算不上經驗豐富。

「地下二樓的儲藏室裡不是有潛水裝備嗎？氣瓶裡也還有空氣。不過我記得缺少揹氣瓶的背架，對吧？」

「嗯，沒錯。」

當時我和紗耶香一起檢查潛水裝備。

「比方說，對背包做點改造，用背包來揹氣瓶的話，你覺得如何？有辦法拿背包當背架來潛水嗎？」

「要說能不能的話，感覺應該可行，但是——」

關鍵是確保氣瓶確實固定在背上，不會移動或掉落。雖然我的背包塞不下氣瓶，但是編織繩子，再加上橡膠管，或許能順利揹起氣瓶。

「不過做背架很麻煩，花不少時間——或許可以考慮用裕哉的背包？如果是裕哉的背包，或許能直接把氣瓶放進去，外面再用繩子綁緊，也許就能做成簡單的速成背架。雖然穿戴起來應該有待改善。再來還需要照明，這個就只能把希望寄託在防水手機上了。」

地下三樓的地板上散落著鋼筋鋼樑，還需要在水裡開門，所以需要燈光照明。我們大概需要準備好不會讓氣瓶亂晃的背架，確保雙手都能空出來。

「明白了，看來潛水本身並非不可行嘛。」

聽到翔太郎這麼說，我連忙解釋：

「你說得倒簡單。潛水的時候，我們會穿著一件叫做浮力控制裝置的背心來調整浮力。通常我們潛水的時候都會穿上這件背心，但現在必須只靠背架、氣瓶和呼吸調節器就下去潛水吧？雖然在地板上移動的話，也許不太需要用到浮力控制背心，但調整配重之類的可能會很麻煩——」

沒錯，調整配重也很重要。我們需要找到適合用來潛水的重物，拿來綁在身上。

「在地下三樓昏暗的水底下，到底能不能動來動去找東西都還是個問題。說不定只能勉強走動，要是弄個不好出意外，可能就會要我的命。水也很冷，應該只有十幾度吧？這裡沒有濕式防寒衣，也沒有乾式防寒衣，應該會冷到不行。而且那個氣瓶裡面，應該只剩下約三分之一的空氣吧？要拿來找東西不太夠用啊。」

如果紗耶香的頭眞的被丟到那間工具倉庫的正下方，要把頭取回來應該可行。然而萬一頭顱在更深處，空氣可能不夠讓人回來。一想到需要穿越地下三樓的障礙物，那個氣瓶實在讓人難以放心。

「這樣啊，那倒也是。」

翔太郎理解地點了點頭。不過我提出的只是一些能讓我名正言順逃避潛水的理由。如果這件事勢在必行，潛水本身並不是不可能。只是——一想到靜靜躺在漆黑地下三樓的紗耶香臉上的表情，我就萎靡無力。要在水中找到蒼白的頭顱，然後一手抱著頭顱回到水面，即使不考慮技術問題，這個任務也太過犧牲小我，我實在不覺得自己做得到。

「說到底，就算把頭顱帶回來，就眞的能成功解鎖手機嗎？頭顱的狀態還足以被手機識別爲紗耶香嗎？」

「——沒錯，頭顱狀態也是個問題。凶手也可能把紗耶香的臉破壞到難以識別。如果凶手擔心有人從地下三樓取回頭顱，應該就會這麼做。如果只是爲了臉部認證的解鎖問題，凶手大可用刀子割爛臉，不用割下頭顱。但凶手可能不希望讓我們明顯察覺到這和紗耶香手機中留有重要資料的事實有關，所以才乾脆割下整顆頭顱。和凶手處理掉全部的行李是同一個道理。」

「原來如此，還有這種可能啊——」

如果犯人不擇手段湮滅證據，恐怕紗耶香的臉已經被割爛了。

「不過凶手眞的會做到這種地步嗎？要把臉割爛，感覺比割下頭顱更令人抗拒吧？」

「你說得沒錯。雖然哪種比較討厭要看人，不過凶手也可能抗拒對臉動刀，才選擇割下頭顱。如果是這樣，紗耶香的臉應該就能倖免於難。」

究竟有沒有必要前往地下三樓取回頭顱呢？

「——要試試看嗎？雖說潛水的話，應該有人比我更厲害。」

其他社團同伴應該玩潛水玩得比我熱中。

「不，有關紗耶香手機的推理，我現在還不打算告訴你以外的人。如果要潛水，我只會拜託你。」

「也對，不是誰都可以。」

要是在不知情之下，拜託犯人去找頭顱，犯人就能假裝找不到。

「我可不想讓你下去潛水喔，我不認爲這是一個好方法。我也不是要叫你現在就做好豁出性命的覺悟。所以這件事就先放一邊，我們還有其他更重要的事情，就是找到紗耶香的手機。」

「——你說得對。」

無論是否要潛水，都得找到紗耶香的手機再說。只要找到手機，若是能奇蹟似地解鎖手機認證，我們就可以查看其中的資料。

翔太郎拍了一下大腿，從滿是灰塵的床墊站了起來。

「好了，我們來找手機吧。雖然不能抱太大期待，不過還是早點開始找比較好。」

手機要是先被犯人找到，自然就會被銷毀。此外，地下二樓正開始進水。

我跟在翔太郎身後，走出房間。

穿上長統靴後，我們下樓前往地下二樓。

地下二樓的水已經積了六、七公分深。再過一天，可能就無法只靠長統靴進出了。

我們涉水穿過昏暗走廊，走到小房間的鐵門前。我們以此爲起點，一間間搜索房間。

「這要花不少時間，我們分頭搜尋吧。」

「——嗯。」

我們決定分別負責走廊的左右兩邊，依序搜索每個房間。我們四處查看，確認架上是否有紗耶香不小心遺忘的手機。

在日光燈的照明下，水看起來相當骯髒。累積在地下二樓地板上的大量灰塵、蒼蠅和蟑螂，甚至老鼠的屍體都漂在水面上。我試著把用腳把屍體撥進架子下的空隙，但只要稍微激起水花，它們就會從架子下流出來，在我的腳邊徘徊。

一旦落單，我的腦中就閃過自己被人從背後勒死的畫面。

冷靜一想，就會知道犯人應該不會再度犯案。而且這裡已經積水，如果有人接近，我很快就會發現。儘管如此，我還是小心翼翼地避免離開翔太郎太遠，如果有事，我就可以立刻大聲呼救。

搜索完地下二樓後，我們脫掉長統靴走上樓梯，繼續搜索地下一樓。

可惜我們始終找不到紗耶香的手機。

「手機到底在哪裡？紗耶香是把手機遺失在多麻煩的地方啊？」

我們只搜索了明顯的地方，因爲時間遠遠不足以讓我們查看所有容器和架子角落。此外，我們也不認爲紗耶香會把手機留在那些場所。

不過考慮到紗耶香昨晚也在地下建築內找了很長一段時間，手機應該不在能夠輕易找到之處。

或者她的手機已經先被犯人找到，那手機就已經遭到犯人銷毀。

「好吧，今天就告一段落吧。」

翔太郎拍了拍我的肩膀。

回到房間，我們準備上床休息。翔太郎研究裕哉的背包一陣子，不過可能是累積下來的疲勞作祟，他放下背包便早早就寢了。

我卻遲遲難以入睡。

紗耶香的死狀和漂蕩在黑暗水底的頭顱影像，在我的眼皮下不斷浮現。此外，找不到手機的煩悶情緒也壓在我的心頭上。

我覺得現在不是睡覺的時候，然而我也不知道自己應該做什麼。

我試著戴上耳機。昨天之前還能安撫情緒的音樂，現在卻令我難以忍受。不論是作曲家、演奏者或歌手，這些人在眼下的這一刻，想必都處於比現在的我們更舒適的環境之中。

我滑動手機螢幕，從下載的樂曲中找到了一位美國音樂家的曲子。他在十九歲時自殺了。我把曲子設成循環播放，閉上了眼睛。令人不安的迷幻民謠，充塞在我的大腦之中。

大約過了一個小時，我終於稍稍感受到睡意。

七

當我坐起來確認手機時，已經是上午十點了。

我不確定自己昨晚究竟睡著還醒著。昨天目睹的悽慘景象在我的腦海中交替浮現，只是我難以判斷那是回想，還是我在夢境中看到的情景。在我昏昏沉沉之間，就已經迎來新的一天。而且還是勉強才能算是早晨的時間，想來我應該還是有睡著。

我看向旁邊，翔太郎不在。

他是去洗手間、去吃飯，還是在檢查水位呢？如果是一般旅行，睡到這個時間，被獨自留在房間也是理所當然，但現在的我有些不安。

我一陣飢餓，畢竟昨天沒吃什麼。

我離開房間去餐廳，發現翔太郎已經在那裡了。他剛好吃完早餐。

「哦，你醒啦。我打算繼續去找東西。小心一點喔。」

翔太郎和我前腳進，後腳出地擦身而過，離開了餐廳。

我獨自一人吃著和昨天一樣的魚肉罐頭。

地下建築中沒有白天和黑夜的區別，但手機時間顯示上午，讓我還是一陣安心。單獨的時候，白天終究還是比半夜更讓人放心一些。

吃完飯後，我走出了餐廳。

我應該去幫忙找手機嗎？我在地下一樓晃來晃去一陣子。

我沒遇到任何人，但能從彼此房間中，感受到其他人的氣息。大家應該都醒來了。

忽然之間，我注意到從地下二樓傳來聲響和談話聲。

我聽不清內容，但聽起來挺像常在工地聽到的簡單人聲。顯然有人正在進行工事。

過了一會，我意識到聲音來自矢崎家三人。

他們在做什麼呢？我的心中湧起一種有事即將發生的預感。回想起他們的樣子，我覺得他們可能會做些瘋狂的事情。

去看一下情況好了——我走向了樓梯。

我沿著走廊前進，來到樓梯前，發現前面有個人影。對方似乎和我一樣，正打算去地下二樓。

「咦，麻衣？」

「哇！」

正準備踩上第一階樓梯的她，握著扶手，一臉驚訝地回頭。一發現身後的人是我，她才放鬆僵硬的身體。

「是你呀，柊一。下面好像在做什麼，我擔心發生了什麼事——」

「應該是矢崎一家吧？」

我和麻衣一前一後地小心走下狹窄的樓梯。

地下二樓的水位比我想像的要高。我穿上長統靴，踏上走廊。然而當我試著踏出腳步，水就隨著水波湧進長統靴。

無可奈何之下，我們只好光著腳，把褲管捲到膝蓋，兩腳踩進冰冷的水裡。

矢崎一家的聲音從有絞盤的小房間傳來。

走廊很黑，我打開了手機的燈光。因爲走廊深處的日光燈是亮著的，所以不開手機的燈光其實也行，只是光著腳，讓人對腳下有些憂心。

麻衣貼近手上有燈的我，我們兩人一起慢慢地走向走廊盡頭。

沒過多久，我們就發現了小小鐵門前的矢崎一家。

弘子和隼斗兩人都和我們一樣捲起褲管。隼斗似乎跌倒過，全身都濕透了。幸太郎身上穿著唯一一件的漁夫褲。

三人往鐵門後插入類似曬衣桿的長桿，三人似乎都滿身大汗。

弘子注意到我們，開口詢問：

「有什麼事嗎？」

「沒事，聽到聲音，在意發生什麼事而已。」

聽到我這樣回答，弘子只是「喔」了一聲，然後無視了我們。

渾身濕透的隼斗向我們投來不悅眼神。家人在忙的樣子被人盯著看似乎讓他不太愉快。

矢崎一家沒有解釋，但他們正在做的事情顯而易見：他們正試圖用長桿，用火車車輪連桿的概念，在不進入小房間的情況下轉動絞盤。

「喂，隼斗，你試著再往裡面推一點。」

「——我有在做。」

隼斗不服氣地回答。

「好吧，讓我們試試改變角度。孩子的媽也過來這邊——」

三人拿著長桿向右移了一步。他們一起施力，試著轉動連接在長桿末端的絞盤把手。

「哇啊——」

三人失去平衡，一屁股摔倒，激起一片水花。

他們手中的長桿已經悽慘地彎折。仔細一看，這根長桿其實是由三根鋁管用鋼絲捆綁連接成曬衣桿長度的桿子。由於鋼絲鬆開，鋁管就散開來。

這種方法明顯行不通，因爲長桿會彎曲變形，無法順利施力。即使有一根長到不用連接，就能搆到絞盤的堅固長桿，要從門外操作絞盤，讓岩石落下來是難如登天。

然而矢崎家的三個人卻非常認眞。在翔太郎昨天發起的挑戰下，矢崎試著找出能讓每個人都不必留在地下的逃生方法，所以才會進行各種嘗試。

我看向有絞盤的小房間，再次領會到絕無這種方法。

我自己當然也不是完全沒想過。例如用繩子綁住岩石，然後從小房間外往下拉的話呢？——繩子會卡在鐵門邊緣，所以無法順利進行，而且我們也無法用繩子確實地綁住頂上的大岩石。

我們或許能在岩石落下的地方，放一個ㄈ字形的臺座。如此一來，在小房間裡操作絞盤的人，便能讓岩石落在ㄈ字形臺座之上，再從ㄈ字形臺座底下溜出來。最後再從鐵門外破壞臺座，讓巨岩完全落下。

這個方法因爲找不到能承受岩石重量的臺座，所以也不可行。地下建築內的木椅和桌子都是半壞狀態。鐵架也沒辦法加工，而且強度也不夠。

感覺最有希望的方法，就是用原木製作一個結實的臺座，讓岩石落在原木臺座上，再澆油點火。不過我們手上當然沒有木頭，現在地下二樓也已經開始積水，所以根本行不通。

最終剩下的，就只有類似矢崎一家嘗試的荒謬可悲方法。

儘管是這樣的方法，他們也正在拚命地努力嘗試。

看到矢崎一家的樣子，我也不得不承認，他們的悲情程度確實與我們完全不同。我只擔心自己無法逃出這座地下建築，他們害怕的卻是離開這裡的時候，失去家人中的某個人。

我現在能放寬心胸，理解矢崎昨天所謂的逃生優先於找犯人的主張。不過事實依然不變，不犧牲任何人的逃脫方法並不存在。

跌倒的三人渾身滴著水站起身，表情慘澹。

矢崎把鋁管扔在地板上，大步踩水，一個人走進小房間。

「該死！這個絞盤眞的會動嗎？如果岩石根本不會掉下來，我們到底在忙什麼——」

他這麼說著，然後抓住了絞盤的把手。

「啊。」

旁邊的麻衣小聲地倒抽了一口氣。

嘎吱嘎吱的聲音響起，巨石發出聲響。

矢崎馬上停手，手卻仍然握著把手。

他維持這個姿勢僵著不動。從他瞪著斜上方巨岩的眼神，看出他的精神已經到達極限。

他該不會要再次轉動把手？——我抱著這樣的預感。

忽然之間，我的心中冒出邪惡的期待。矢崎該不會眞的要讓巨岩掉下來？雖然看似機會渺茫，不過巨岩在落下過程中，說不定會卡在鐵門和地板之間，讓矢崎有機會逃出來。他莫非就是想要冒這樣的風險賭一把？如果矢崎眞的打算賭一把，那麼在下一刻，矢崎或許就會被留在地下，而我們則就此逃出生天。

矢崎果然再次用力握住把手。

悶重聲響再次響起，這次岩石似乎逐漸往下滑落。

「孩子的爸！住手！」

「不行不行！」

弘子和隼斗尖叫起來。

聽到他們的聲音，我立刻忘記了邪惡的期待，和麻衣一起大喊：

「危險！」

「快住手！這樣下去會被困住的！」

矢崎停下了。他原本似乎只是想試試看拉動岩石的可行性，聽到我們的聲音後，便像是醒過來一樣，放開了把手。

弘子招手示意他快點出來。矢崎身形不穩地穿過鐵門，回到走廊。

「如果沒有人轉動絞盤，我們就出不去。」

他宛如囈語，道出我們早已知道的事情。

矢崎家的三人帶著泫然欲泣的神情，撿起掉在水中的鋁管，邁開宛如殘兵敗將的頹喪步伐，朝著樓梯的方向走回去。

當他們經過我們身邊時，三人用眼神向我們致意，眼神中似乎帶著一絲敵意。

我打算就這樣目送他們離去，麻衣卻沒打算保持沉默。

「矢崎先生，我完全能理解你的不安，但是請千萬不要亂來。我們還有時間——」

「但是我們對凶手根本毫無頭緒吧？」

矢崎用低沉的聲音回應，然後帶著兩位家人走向地下一樓。

留在原地的我們面面相覷。

隨後麻衣將手放在鐵門的上框，探出上半身，確認了頂上巨岩的狀況。

「怎麼樣？」

「似乎往下掉了一點，柊一也要來看看嗎？」

我和麻衣交換位置，只有上半身探進小房間，伸出手摸了一下岩石。

正如她所說，巨岩似乎因爲矢崎而稍微朝小房間滑落。不過我試著用一手搖晃岩石，岩石依然文風不動。

「岩石有稍微動一下，不過感覺還是很難期待它會自己掉下來，要是會就好了。」

「嗯，感覺不太能期待。」

我原本期待經過矢崎這一下，說不定能讓岩石開始自己滑落。不過實際碰過岩石，我發覺岩石毫無這類跡象。如果要讓岩石落下，就需要施力拉動岩石才行。

明白這一點，充斥在我心中的是介於安心和沮喪之間的感情。

當矢崎轉動手把的那一刻，我感到一陣恐懼，彷彿目睹汽車即將相撞的瞬間。如果他讓岩石落下，我們就能脫險——我忘記這一點，大聲喊出了「危險」。

結果意外並未發生，我們也無法逃脫——

麻衣似乎也從緊張中解放出來，臉上隱約浮現微笑。

「我們回去吧。」

她輕輕地握住我的手臂，啓唇這麼說。

我們回到樓梯口，只見矢崎脫下的漁夫褲被粗魯地扔在地上。從濕透的三人身上滴落的水痕一直延伸向樓上。

我們往上爬了幾階樓梯，用手撇去腳上的水滴。

「要是有帶毛巾就好了。」

麻衣的語氣很輕鬆隨意，我猜想她可能只是想聊一些與目前狀況無關的小事。

當我們試圖把濕掉的腳套進鞋子裡的時候，樓梯上方出現一道人影。

麻衣和我同時抬起頭。從樓梯上往下看的人是隆平。

「你們在做什麼？」

他的聲音意外平穩，但嗓子微妙地飄高，顯然在壓抑情緒。

麻衣冷冷地回答：

「我下來看看情況，然後碰巧遇到了柊一。」

這一切都是事實，只是以這個情況來說，正打算穿鞋的我和麻衣站得太近了。在相互之間的懷疑升溫之下，顯得格外啓人疑竇。

由於背後有日光燈照明，逆光下很難看清隆平的表情。

「碰巧遇到是什麼意思？」

「碰巧就是碰巧。你不也聽到矢崎一家的聲音了嗎？我和柊一都擔心發生了什麼事，所以過來看看。有什麼奇怪嗎？」

隆平沉默了一會，試圖搜索用詞。

「別跟我裝傻來這套。」

他小小聲說。

麻衣沒有回應。他隨即改變了話題。

「是說，矢崎一家到底是怎麼回事？爲什麼他們都濕透了？他們在絞盤那裡做什麼？」

「你既然知道這些，大致的情形你應該都明白了。他們一家在試著想辦法讓岩石落下來。說眞的，隆平你才是在裝傻吧？我們剛才的大喊，你應該聽到了吧？而且那塊岩石移動時，你一定也感受到震動了吧？你不可能沒注意到發生了什麼事情吧？矢崎先生剛才可以說是岌岌可危，你絕對心知肚明吧？不是嗎？」

「妳想說什麼？」

「我的意思是你明知矢崎一家在做什麼。你也聽到了大家的叫聲吧？但是你沒下來。究竟是爲什麼呢？」

隆平啞口無語。

我馬上就明白麻衣想說的事情。

矢崎一家正在試著讓岩石掉下來，想辦法逃出去。透過傳遍地下建築的聲響，大家應該清楚他們的意圖，也應該能察覺他們正準備做出危險的事情。

隆平卻選擇無視。他為什麼要無視呢？如果矢崎一家中的某個人被困在地下，其他人也許就能逃出去──他完全沒抱著這樣的想法嗎？

「妳想指控什麼？我有什麼奇怪的地方嗎？其他人也沒特地過來看，就只有你們不一樣吧？」

「先來指控人的是你吧。我又不是在責怪你。總之，剛才碰巧只有我和柊一擔心矢崎一家，決定過來看看，就是這樣。」

麻衣像在宣告談話結束似地轉開視線，替穿到一半的鞋子綁鞋帶。

隆平哼了一聲，轉身打算離開，但他似乎無法忍住不問這個問題。

「那麼那塊岩石呢？有什麼進展嗎？」

「沒有。稍微動了一下而已。」

聽完麻衣冷淡的回應，隆平便走了。

穿好鞋子之後，不論是我還是麻衣，都沒有興趣回到地下一樓。

我們並排坐在狹窄的樓梯上，滲進衣服的水滴讓屁股一冷。我們一起往下眺望著浸水的漆黑走廊，就像在欣賞風景一樣。

麻衣用耳語一般的聲音開口：

「我想問問柊一。」

「關於什麼？」

「如果我們能夠平安離開這裡，我們接下來要怎麼辦呢？我們能夠過正常的生活嗎？能夠一如往常地回到職場工作嗎？」

在她提出這個問題之前，我幾乎沒有考慮過這些。我不是完全沒有想過，但我也沒什麼餘裕去擔心這些問題。

「無論如何，只要能夠活著回去就好了，不是嗎？事情總是會有辦法解決的。也有不少人曾經在山上或海上遇難，雖然會有心理創傷，不過大家應該都過著正常的生活。」

我說得輕巧，但我們並非普通遇難，情況還牽扯到殺人。

麻衣憂愁地垂下頭。

「我在想，剛才矢崎先生不是試著轉動絞盤，差一點把自己關在那個小房間裡嗎？要是我們因此得救，世人應該也不會說什麼，畢竟他們也不能說我們對矢崎先生見死不救。但如果我們被人知道是大家自行找出殺人犯，然後把那個人留在地下，我們很可能會受到世間的輿論撻伐吧？」

「是嗎？很難說——」

我仔細思考了她的話。

如果我們成功生還，這起事件將成爲重大新聞。如果人們知道我們把殺人犯留在地下，自己逃出來，肯定會引起各種猜測。

犯人是自願留下來犧牲嗎？還是受到了其他人的脅迫？犯人是否受到了折磨？犯人是否眞的是殺人犯？是否有蒙受冤屈的可能性？

這些不僅是猜測。我無法斷言接下來不會有無辜的人遭受折磨，被迫操作絞盤。

「所以放任矢崎先生不小心出事，才是正常的吧。這也不算什麼露出人性醜惡的一面。而且剛才要是矢崎先生眞的讓岩石落下來了，我們其實什麼都做不了。」

「嗯——也許吧。」

雖然我曾暗暗希望矢崎被困在地下，讓我成功逃出地下，但當矢崎轉動把手的瞬間，我不禁希望他無事。當時的那份心情絕非虛假。

「矢崎先生他們應該已經放棄了吧？我們唯一的方法，果然是找出凶手。」

「是啊。雖然不知道會被世人怎麼看待——」

我們還算能接受的方法，也就只有這一個。

但對於麻衣來說，她對這個做法似乎還有一點疙瘩。

「那是不是意味著，我們要讓彼此之中最壞的人成爲犧牲品？但如果找到凶手，而凶手自願爲了大家的利益而犧牲，那凶手眞的是最壞的人嗎？」

「——誰知道呢。」

如果發生這種情況，犯人等於拯救了其他七個人的性命，而我們七個人卻誰也沒救。

「或者如果凶手不願意去死，我們卻硬逼凶手操作絞盤，難道不就等同於我們親手殺了凶手？大家都會變成殺人犯吧。」

「是沒錯。」

屆時便是我們七人一起殺了犯人。儘管我們如果不這麼做，大家就會一起死，但是終究還是算殺人。

在那種情況下，我們殺了七分之一個人，而凶手則是殺了兩個人，因此讓凶手去死是正確的——總覺得很詭異，這樣計算眞的正確嗎？

麻衣無力地笑了笑。

「我知道我像在說歪理。因爲這個案子的凶手如果被捉到，肯定會被處以死刑吧？如果不用凶手的性命來拯救其他人，就等於又多了一條亡魂。但我忍不住在想，要是有人不想成爲殺人犯，是不是就得自願操作絞盤呢？」

她比以往找我商量時都來得多話。想來在這個地下，沒人談話讓她很難受。

「麻衣，妳應該不是打算自願去做這件事吧？」

「才不會，還不知道凶手是誰，自己就去死根本沒意義。該如何選擇留在地下的人，真的是沒有完美的方法。雖說想想也是啦。柊一，這種時候，通常人們會怎麼做？」

「通常？」

在這個只有異常事態的地下，通常是指什麼？

「啊，我不是指在地下的情況。比如說警察有時會把危險的任務分配給單身的警察，你聽說過嗎？」

「嗯，聽過。」

不僅知道，我自己也想過類似的事情。在創作作品中，孤身一人的人會爲了有家室的人自我犧牲。聽花談天時，我的腦海中曾經浮現這件事。

「用意是讓傷心的人愈少愈好吧。不過這樣感覺像是在說，沒人愛的人，生存價值低於有人愛的人。」

麻衣一臉落寞地說。

「電影裡也常常出現吧。快被殺的人求饒時，會提到他們有愛人、有家人。如果沒有家人或愛人，就可以被殺嗎？大家都說眾生平等，但要選出作爲祭品的人，大家就會選擇最沒人愛的人，不是嗎？

「我覺得這就像是一場死亡遊戲。死亡遊戲不是會淘汰缺乏知識或體力不足的人嗎？如果沒人愛的人就得死，這不是和死亡遊戲一樣殘酷嗎？

「還有防災宣傳活動中，不是常常在喊『爲了保護你所珍惜的人』之類的口號嗎？而且他們好像假定全世界的人都有珍惜的人一樣，不斷重複著這個口號。」

她的這番話直直戳中我的胸口。

如果我在「方舟」死去，我的家人怎麼辦呢？他們恐怕會吃驚於我竟然死在這種地方，對我感到些許罪惡感，然後漸漸忘記我。

假使在這座地下建築中，被困住的人淨是攜家帶眷的人和情侶，其中只有我孤身一人，事情會怎麼樣呢？也許會像麻衣所說，演變成淘汰沒人愛的人的死亡遊戲。大家都會認爲應該由沒人會爲之傷心的人去死——每個人都會這樣想，甚至連我自己也會接受，然後決定由自己去操作絞盤。

「留下心愛之人去死，以及不被任何人所愛而死，哪邊更不幸不應該由他人決定。」

麻衣這樣說著，將她的左手疊在了我的右手上。

我用顫抖的聲音反問：

「不被任何人所愛的人是指誰？麻衣？還是我？」

「誰知道呢，我也不懂。」

「不過麻衣妳不是結婚了嗎？跟我不一樣。」

「跟沒結婚也沒差多少。這件事你不是聽我說過好幾次了嗎？」

麻衣靠在我身上。

「——柊一沒辦法讓矢崎先生就那樣死掉，對吧？」

「不只是我，麻衣不也是如此嗎？」

她靜靜地笑了笑。

近距離之下的麻衣臉上當然沒有化妝，肌膚還有些乾燥，卻有一種宛如歷經風霜的石像般的美感。

由於我們都沒更換衣服，也沒洗澡，所以我和麻衣的體味都很重。我們的臉近到足以聞到彼此的體味，然後互相露出苦笑。

我親吻了麻衣乾燥龜裂的嘴唇。

這個吻只有幾秒鐘。然後她用彷彿在吐露某件羞人事情的嗓音，輕聲說道：

「無論如何，我真想活著回去。」

「——是啊。」

我們花了一段時間，等待微醺感消散。然後我們終於站起來。

我們走上樓梯，回到地下一樓。

「拜囉。」

「嗯。」

對彼此低語之後，我們各自走向走廊上自己的房間。

八

當我回到房間時，翔太郎不在。也許他還在找紗耶香的手機？

我該幫忙嗎？我還沉浸在先前幸福的餘韻。我回味著那一瞬間，仰躺在床墊上。

在地下建築中，竟然有這樣的幸福存在，讓我簡直難以置信。如果是在地上，我的倫理觀必定對此難以容忍。

我恍惚地閉上眼睛，任由時間流逝。

約一個小時過去了吧？房門突然被打開，我嚇得坐了起來。

站在門口的是翔太郎。

「怎麼，你在睡覺嗎，柊一？」

「啊，翔哥？」

我有些心虛。我暫時還不打算說我和麻衣的事情。

然而翔太郎似乎並不在意我的內心掙扎。他大步走進房間，抓住我的手臂，向坐在床墊上的我說：

「抱歉，但你能立刻跟我來嗎？我有東西想讓你看看。」

「是什麼？」

「我找到紗耶香的手機了。」

「手機？在哪裡？」

翔太郎沒有回答。我被他拖著出了房間。

我們走下樓梯，來到了地下二樓。我像先前一樣捲起褲管，走進水中。

「往這邊。」

翔太郎指著和鐵門相反方向的另一側走廊。

走了一會，他停在二一五號房的前面。

「──這裡？」

「對。」

那是我昨天搜索過的倉庫。

翔太郎打開門，然後指向一個放在鐵架底層的深藍色工具箱。

工具箱有著中央高，兩側低的蓋子，裡面裝著電工工具，幾乎都已經泡在水中。

看到蓋子上面的時候，我大叫了一聲：

「啊！原來是在這裡！」

深藍牛仔布手機套的手機就在蓋子上。因爲是在有斜度的蓋子上，手機已經有一半浸泡在水中。

翔太郎拿起了手機。

「仔細一想，把手機放在這裡也是理所當然。紗耶香用的絕緣膠帶就是來自這個工具箱。她可能在拿膠帶的時候，隨手把手機放在工具箱上了。」

「然後就這樣忘了嗎——」

「沒錯。不過這顏色還眞像。」

我比較了工具箱和手機。牛仔布手機套和工具箱都是暗沉的深藍色。

「紗耶香可能不小心把手機放在這裡，然後回來找的時候也沒發現吧？」

「沒錯。以前你不也因爲遺失皮夾而引起騷動，最後發現皮夾只是普通地放在包包裡，不是嗎？」

「啊，對，有這樣的事情。」

翔太郎說的是我以前沒注意到我的黑色皮夾就在黑色的公事包裡，誤以爲搞丟皮夾的事情。這應該很常見。

翔太郎將手機翻過來，指著邊緣的一點紅褐色污漬。

「這應該是辣味番茄牛肉醬的污漬吧，就是紗耶香最後吃的罐頭。工具箱上也有沾到一點，你看。」

我照著他說的看了看工具箱的蓋子，上面確實有一點污漬。

「手機看來是在污漬完全乾掉前放在這裡的。如此一來，我們就可以確定紗耶香遇害前的行動。一切就如我們的推測，現在有了證據可以證明。」

簡單來說，紗耶香前天晚上的行動如下：

當她在自己的房間吃辣味番茄牛肉醬時，她不小心摔破杯子。為了清理碎片，她來到這個倉庫拿絕緣膠帶，結果不小心把手機忘在這裡。

清理完碎片後，紗耶香發現手機不見了。因為她不記得自己是在哪裡丟失的，所以她在整座地下建築到處搜索，然後遭到犯人殺害。

我提出一個重要的問題。

「那麼手機還能用嗎？」

「不行。我按了電源鍵也沒反應。雖然可能是電池沒電，不過泡水壞掉的可能性更高就是了。畢竟手機看來沒有防水功能。」

我逐漸覺得翔太郎像在責怪我。

昨天晚上是我搜索這個倉庫，當時手機還沒泡水。要是我有注意到，就能在泡水壞掉之前找回手機。

「眞是沒想到會在這種地方。如果我當時多留意一下——」

「事到如今也沒辦法了。反正連掉手機的本人都沒注意到，才會花了這麼長時間去找。我自己也太大意了，應該更早發現會在這裡。這裡應該是第一個要找的地方才對。」

「要怎麼辦呢？手機即使泡水，只要好好晾乾，還是可能可以正常使用——」

「我們或許可以期望這點，但要等手機完全乾燥，可能需要一兩天。而且即使手機能夠運作，要確認裡面的資料依舊是個難題。既然這樣，手機裡的資料就不要太掛心了。比起這個，找到手機本身就有很大的意義，更別說找到手機的地方還是在這個工具箱上。」

翔太郎將紗耶香的手機放進自己的口袋。

這番話到底是什麼意思？即使被我這麼追問，翔太郎也不肯回答。看來現在還不是談論這件事的時候。

我們離開了倉庫，回到地下一樓。

翔太郎向大家報告了找到紗耶香手機的消息。他不僅展示了手機，還給大家看了他拍攝的現場照片，說明紗耶香是把手機遺忘在工具箱上。他似乎決定不說關於割頭的推理，只告訴大家尋獲手機一事。

換句話說，他等於也告訴了犯人找到手機的消息，不過他說無所謂。

「我需要大家知道手機放在工具箱上，不然可能無法指控犯人。」

除此之外，翔太郎沒再進一步解釋。紗耶香的手機就交由他保管。

九

之後的一整天，什麼事情都沒有發生。

大多數人幾乎都一直待在各自的房間。八個人從未待在同一個房間內。

我在去上廁所或去拿罐頭時，曾經幾次遇到麻衣。我們只是向彼此微笑，沒有多交流。事件尚未解決的時候，最好還是不要引人注目。

我和矢崎一家之間，在那之後也沒任何交流。不過在他們來餐廳拿罐頭的時候，我碰巧聽到了一家三口的對話。

三人當時正在談論與地下建築無關的事情，他們聊著留在家中的狗。

狗是一隻名叫三郎的柴犬，根據我之前在用餐時聽說的故事，牠是隼斗升上國中那一年，父親幸太郎送給他的生日禮物。爲了買狗，幸太郎還出售了自己蒐集多年的硬幣收藏。

狗的話題顯然不論何時都是家庭共同的話題：諸如三郎會在客廳的墊子上睡覺，醒來的時候總是滑到地板上；或是三郎非常喜歡香蕉，每當香蕉出現在餐桌上，牠就會爬到椅子上，等待主人准許牠把前腳放在桌子上等這類故事，三人想必以前也曾一聊再聊。被困在地下，心神疲憊不堪的矢崎一家就在聊天的這段短短期間內，進入了逃避現實的小天地。

後來幸太郎與家人分開行動，在地下建築內四處徘徊。也許他正在尋找任何可能找出犯人身分的線索。

儘管陽光無法照進來，但是大家以往都會意識一日早晚的時間。然而隨著地下生活變得漫長，這種感覺逐漸變得模糊不清。

我查看了手機上的時間，時間是晚上九點多。時刻已經不再重要，重要的是距離時限只剩下約四十小時。在那之前，我們必須決定誰要留在地下。

和大多數人一樣，我也和翔太郎一起待在房間裡。

隨著時限逼近，我感覺到自己的思緒變得散漫。每當我打開背包，打算拿東西，下一秒就會忘了自己原本想做什麼。一些久未想起的記憶會突然湧現在腦海中，例如小時候做的紙黏土動物被母親摔碎的事情，或是高中的時候，偷偷經營的部落格被同學曬給全校知道的羞恥過去。我總是隨著湧現的記憶發出呻吟。即使我嘗試保持冷靜，但內心似乎已被恐懼侵蝕，完全無法控制。

翔太郎對我的這副模樣，投以同情又無語的眼神。

他這一天一直在沉思。

我知道他在想些什麼。他自然是正在推理誰是犯人。

「翔哥？」

「怎麼了？」

雖然他並不煩躁，但也不算平靜。

「有什麼頭緒嗎？」

我總是這樣問，避免提到任何特定人物是否可疑。

不僅我如此，所有人都避免明確指控任何人，只有花說話時稍微說溜嘴。

考慮到犯人的命運，任何指控都無法輕易說出口。而且如果沒有證據，矛頭還有可能反而轉向自己。

翔太郎抓了抓頭。

「要說有頭緒的話，是有一定程度的頭緒了。再差一點就能確定凶手了，但還缺乏最後的決定性證據。不知道在剩下的時間裡能不能找到。」

看著他的樣子，我並不認爲他毫無想法。他果然已經掌握到解決案件的關鍵。

「如果跟我分享一點想法，我也能幫忙一起想。」

「不用，沒關係。這還不是需要借助柊一智慧的問題。」

把犯人範圍縮小到一人之前，翔太郎似乎都不打算說出口。

只是這個問題光想就能解決嗎？如果我們還沒有足夠線索，我們是否該採取什麼行動？還是說，期待犯人會再次行動？

「凶手應該不會再殺人了吧？想來應該不太可能吧。」

「應該不會吧。大家的警戒程度明顯提高了。而且地下二樓積水，已經沒有地方可以殺人而不被人發現。所以說，眞要說現在該做什麼的話，柊一。」

翔太郎看著努力壓下一個呵欠的我。

「睡得著的話，趁現在先睡一覺比較好。如果時限變得更緊迫，我們就無法有這樣的餘裕了。」

他說得對。確確實實累積下來的疲勞，會讓我們像傳動帶突然斷裂一樣無法動彈。

我拋下繼續沉浸在思索中的翔太郎，沉入夢鄉。

然而我和翔太郎的預測失誤。第三起命案在數小時後，以完全出乎意料的方式發生了。

第四章　小刀與指甲剪

一

我在尖叫聲中醒來。

——爸爸！爸爸！怎麼會！

不成字句的高亢慘叫不停地迴響。

那是隼斗的聲音，奇怪的是聲音似乎來自淹水的地下二樓。

我看向手機上的時間，上面顯示半夜兩點三十二分。我已經睡了五個多小時。

翔太郎坐在床墊上，姿勢和五個小時前一模一樣。他在那之後似乎一直沒睡。

「發生了什麼事——？」

我一邊提出毫無意義的問題，一邊站起身。

一定有什麼事情發生了，而且顯然不太好。我本來認爲不可能發生的事情，現在竟然發生了。

我跟著翔太郎一起離開房間，前往地下二樓。

地下二樓的水已經積到約七十公分深。當我們走到樓梯時，立刻就注意到不尋常的情況：漁夫褲像是隨手一扔似地，在走廊的積水中載浮載沉。

兩雙鞋子並排在水邊，分別是隼斗和弘子的鞋子。他們的哭聲從走廊的深處傳來。

我們下了樓梯，我緊隨在大步分開水流的翔太郎身後。儘管我已經把褲管捲到極限，但是水深已經高達大腿高度。只要一走動，水就會滲進褲襠。

聲音來自二〇七號倉庫，也就是第二起事件中，凶手取得鋸子和刀子的地方。

倉庫的門大開，日光燈的光線流瀉而出。

倉庫內傳來嘩嘩水聲及抽泣聲，我們探頭望進室內。

出現在我們眼前的光景，讓我一時之間無法理解到底發生了什麼事。

隼斗和弘子彎著身體，站在倉庫深處的左側鐵架前，試著從浸在水裡的鐵架底層拉出某道身影。

雖然被兩人的背部遮住，所以我們看不太清楚，不過那是矢崎的屍體。

「發生了什麼事？」

聽到翔太郎的疑問，兩人轉過頭來，像是要保護屍體似地瞪著我們。

「這到底是怎麼一回事？矢崎先生被殺了嗎？」

兩人無力地點頭。

兩人才剛從架子底下拖出矢崎屍體的上半身。屍體穿著化學纖維的黑色緊身褲配上襯衫，幾乎只穿著貼身衣物。晃動的水面讓我們看不清楚，不過襯衫的胸口處破了，看得出有刺傷。

潛水氣瓶像是從架上滾落似地泡在積水裡，上面還連接著呼吸器。

對面牆邊的水中，則沉著一把木製長柄的樹枝剪。難道這就是凶器嗎？

我們還不清楚這起事件的全貌。矢崎到底在做什麼？難道他是在穿著內衣潛入水中的時候，遭人殺害了嗎？

隼斗和弘子仍在試圖拖出屍體，然而屍體的腳勾住架子的腳，讓屍體擺出活人絕對擺不出來的不自然姿勢。看到屍體的模樣，兩人不禁鬆開手，靠著鐵架發出呻吟。

「讓我們來搬吧。」

翔太郎的提議遲遲得不到兩人的回應。不過即使他把手伸入水中，抓住矢崎的肩膀，兩人也沒出手制止。

「柊一，你抓住腳。」

我們照三天前搬紗耶香屍體時的分配方式抬起屍體。我們讓屍體仰面漂在水中進行搬運，遺族的兩人則踩著水跟在我們身後。

花、麻衣、隆平三人聚在樓梯上。

三人聽到隼斗的慘叫，都猜到發生了第三起命案，不過我們搬來的屍體似乎出乎他們的意料。

「——這是什麼情形？」

花喃喃說道，但我們沒人回應。

見到弘子和隼斗全身濕透的模樣，麻衣開口：

「是不是拿睡袋來比較好？這樣身體會著涼的。」

「說得是，麻煩了。」

翔太郎回應，麻衣便去取睡袋。我們抬著屍體，慢慢地走上樓梯。

屍體暫且被放置在地下一樓的走廊上。

二

還活著的七人聚集在餐廳。

弘子和隼斗全身包裹在麻衣拿來的睡袋中，我和翔太郎則認眞地用毛巾擦腳，然而冷水沁骨的寒意久久不散。

面對包得像蓑衣蟲的兩人，翔太郎開口詢問：

「發生了什麼事？矢崎先生在做什麼？可以告訴我們嗎？」

兩人保持沉默。

「你們應該也很清楚，我們必須查明凶手是誰。時間已經不多了。」

隼斗用滿懷憎惡的眼神，環視犯人就在其中的餐廳。

我們耐心地等待，不久，弘子娓娓開口：

「我家那口子打算在那裡逮住凶手。」

「在那個倉庫裡抓凶手？」

「正是。」

我們依然不明就裡。矢崎之所以只穿著內衣，以及現場爲什麼會有潛水裝備，都是爲了抓犯人嗎？

「——我家那口子昨天在建築內四處搜索。爲了找出凶手，他想找找看證據。結果他發現了一把刀子。大概是殺害那位紗耶香小姐的凶器？刺了她胸口的那把刀子。」

餐廳中一陣騷動。

刺了紗耶香胸口的凶器確實尚未發現。我們原以爲它和頭顱一樣被丟到地下三樓。

「那把刀子是在倉庫的哪個位置？」

「在倉庫深處的架子底板下。刀子的刀尖插在架子底板的鐵板彎曲處，藏了起來。」

「原來如此。」

這樣的位置確實不容易被發現。說起來，我們一直以爲刀子已經被處理掉了，所以從來沒去搜索過。

「我家那口子就說要在那裡埋伏，因爲凶手沒扔掉刀子，而是特地藏了起來，應該是總有一天會回來拿刀子。只要在那個時候抓住凶手，就知道誰是凶手了。」

我們不清楚犯人爲什麼不處理掉刀子，而是把它藏在架子下。不過犯人既然特地藏起刀子，假定犯人總有一天會回來取刀，也是合理的推測。

「只要躲在倉庫裡，抓到凶手拿走刀子的那一刻，不就罪證確鑿了嗎？」

「所以幸太郎先生才拿走那套潛水裝備嗎？」

「對。」

我漸漸理解了情況。

悄悄躲在倉庫裡，等待不知情的犯人出現，等待對方拿走刀子的瞬間——這就是矢崎的計畫。

要在稍早之前，躲在倉庫裡是不可能的。倉庫內沒有足以藏身的遮蔽物。要是在犯人拿走刀子前就被注意到，這個計畫就毫無意義，因爲犯人大可用各種理由爲自己開脫。

然而地下二樓的水位上升，使得某種方法變得可行。

「幸太郎先生決定抱著氣瓶，躲在被水淹沒的鐵架底層。他打算在凶手出現，拿起刀子的時候，從水裡跳出來，抓住凶手。」

「是的。」

犯人對此應該始料未及。一般不太可能想到水裡會有人藏身。潛水裝備雖然缺少背氣瓶的背架，不過矢崎只是窩在架子底下不動，所以沒什麼影響。無論如何，只要在犯人進入房間並拿起刀子之前，不被犯人發現就好。

在水中使用氣瓶呼吸，雖然會有冒氣泡的問題，不過因爲矢崎藏身在架子底板之下，應該不太需要擔心被發現。他可能是朝著牆壁側呼氣，以確保犯人不會看到冒出來的氣泡。

「我家那口子從昨天晚上的七點左右，就待在倉庫裡。他叫我們待在房間裡，說如果我們表現可疑，凶手可能就會按兵不動。」

「他只穿著貼身衣物，是因爲沒有換洗衣服嗎？」

「是的，他說如果衣服全都濕掉，之後會很麻煩。」

於是矢崎便只穿著緊身褲和襯衫，前往地下二樓。

矢崎連漁父褲也沒穿，不過這也是當然。漁夫褲一向都放在樓梯上，要是漁夫褲不見，犯人就會知道地下二樓有人。

「我家那口子預計是一直站在水中，等待凶手現身。如果凶手下來，他就潛入水中，等凶手走進倉庫。」

氣瓶的空氣有限，而且水很冷，所以矢崎沒辦法一直潛伏在水中。一旦犯人下到地下二樓，就會有水聲。說不定光是水流變化，就能看出是否有人來。矢崎是打算確認犯人來了之後，再潛入水中。

儘管要用這個方法抓住犯人，可說是充滿不確定性，而且也不能保證犯人一定會出現。不過要逃出地下，全看是否能抓住犯人，矢崎只能盡一切努力嘗試。

然後正如他計畫的，犯人出現了。

「我們一直在房間等待。我家那口子說體力不支的話就會回來，但是已經過了大約七小時，還是不見他的人影，我們才去確認狀況。」

於是他們便發現遭到殺害的矢崎。

想來是在矢崎抓到犯人之前，就先被犯人發現了。也許是矢崎發出了聲音，又或者犯人看到了氣泡。

犯人像用魚叉插魚一樣，用樹枝剪刺死了架子底下的矢崎。由於握柄很長，犯人不用把手伸到水裡，弄濕手臂。

矢崎只穿著貼身衣物等待犯人，還要躲在冰冷的水裡，可能身體早已凍僵。也許就是因爲這樣，他才輕易被犯人殺死，恐怕還沒發出半點聲響。對犯人而言可說是非常幸運。

翔太郎繼續詢問視線徬徨的弘子：

「犯人拿走架子底板下的刀子了嗎？妳確認過了嗎？」

「我沒去看。」

弘子和隼斗在倉庫裡，恐怕無暇注意除了屍體以外的東西。

不過這個問題似乎勾起弘子的記憶。

「刀子毫無疑問是藏在那裡。我家那口子還用手機拍了照片。但手機——這麼一說，凶手說不定把手機拿走了——」

「矢崎先生的手機嗎？妳是說犯人把手機帶走了？」

「是的，我家那口子帶著手機，好拍下影片爲證。」

根據弘子的說法，矢崎的手機支援水中攝影，他打算躲起來拍攝影片。如此一來，只要拍下犯人拿著刀子的樣子，就能成爲犯人難以抵賴的證據。

「柊一，我確認一下，你在倉庫裡有看到手機嗎？」

「我沒仔細看，但我沒什麼印象。」

對犯人來說，手機無疑不能落於他人之手，根本不可能讓手機留在現場。

弘子的證詞就到此爲止。翔太郎站起身。

「我們再去看看現場吧，剛剛只是先把矢崎先生的遺體搬過來。」

他抓住了我的肩膀。

我們必須再次浸泡在那冰冷的水中。

矢崎家的兩人也跟了上來。兩人的表情都像被打了麻醉一般鬆弛，腳步搖搖晃晃。看來兩人不只精神方面受到打擊，體力也消耗劇烈。然而被殺的人是他們的丈夫和父親，我實在無法告訴他們不用跟來。

三

我們下了樓梯，游泳似地沿著走廊前行，回到工具倉庫。花、麻衣、隆平三人像先前一樣在樓梯口等著。

一進去的時候，我就注意到在發現屍體的鐵架上，有一副潛水面鏡。先前因為慌亂，我沒有注意到它，不過矢崎理所當然需要用到面鏡。

除此之外，地上有一塊約口袋書大小的瓦楞紙板。翔太郎撿起吸水後軟趴趴的紙板，一旁的弘子便補充說明：

「這是我家那口子用來遮手機螢幕的。」

在昏暗的室內，亮著的手機螢幕會被犯人發現，所以矢崎用紙板蓋住手機螢幕。然而關鍵的手機還是不見蹤影。

翔太郎探頭看了倉庫深處的鐵架底板下面。

「——喔，眞的有。找到了。」

他從架子底下拉出了一包用撕開的垃圾袋裹起來的物品。

垃圾袋包裹內側沾滿了深紅色的血跡。攤開垃圾袋後，出現一把刃長約十二公分的窄刃刀子。

刀子是刺進紗耶香胸口的凶器沒錯。令人意外的是，凶手並未帶走它。

矢崎家的兩人看著這把刀，彷彿關乎已故的幸太郎的榮譽一樣，神情肅穆地點頭。

「我們可以認爲凶手來這裡是取回刀子，不過沒想到竟然沒達成目標就離開了。」

「或許凶手當時很慌亂？畢竟以爲空無一人的倉庫裡，而且還是在水中，竟然會——有人藏著。」

我考慮到失去親人的兩人，小心措辭。

「是呀。相對於之前的事件，這次的凶手顯然不太冷靜。畢竟這次的殺人並非事先預謀，而是反射下的行爲。這樣凶手很可能沒徹底清理現場。柊一，來試著移開這個。」

翔太郎說著，搖了搖矢崎藏身的鐵架。

我們把架上的工具移到別的架子，清空目標的架子後，一起抓住左右柱子往外拉。

由於鐵架本身緊緊卡在左右的架子之間，所以架子移動的幅度不大。此外因爲是在水中，我們施力也很小心翼翼。

架子互相摩擦，發出尖銳聲響，最終鐵架終於移動了。露出底下地板的時候，隼斗喊了一聲「啊」。

矢崎的黑色大手機就躺在牆邊的地板上。

隼斗毫不在意弄濕地撿起手機。螢幕已經進入休眠模式。犯人竟然把手機留在現場，沒加以處理，實在是大大出人意表。

隼斗按下電源鍵，螢幕出現認證畫面。

「媽媽，密碼是什麼？」

弘子搖了搖頭。

「我不知道。」

我有些著急。如果矢崎有錄影，影片中不知道會出現什麼？犯人會出現在影片中嗎？

翔太郎看著我提問：

「柊一，如果在手機錄影時按下電源鍵，關掉畫面的話會怎麼樣？」

「我想想，按下電源鍵的話，應該會立刻停止錄影吧？然後就會儲存下按下電源鍵之前的檔案。」

「我也是這麼想，不過待會再來試吧。矢崎先生的手機落在鐵架底下的深處，恐怕是在遭到凶手攻擊時掉的。我們不知道凶手是否有注意到手機，不過即使有注意到，應該也無可奈何。如同我們剛才示範的，要移動這個鐵架相當麻煩，即使是兩個人一起上，也很吃力，還會發出巨大聲響，更別說當時還有一具屍體，凶手不可能冒這樣的風險。凶手也不能拿棒子伸到架子底下，把手機掃出來，因爲凶手不能趴在地板上，不然就會弄濕全身。如果屍體立即被發現，凶手身上還是濕答答的話，馬上就會被看出是凶手。

「不同於紗耶香的情形，凶手毫無準備地犯下了這起命案。簡單來說，即使矢崎先生的手機上留有決定性的證據，凶手也無法取回手機，只能被迫把手機留在架子底下。」

弘子和隼斗目不轉睛地盯著矢崎遺留的手機。

翔太郎繼續說：

「只是留下決定性證據的可能性並不高。矢崎先生是在水中拍攝，要拍到凶手的臉，就必須將鏡頭舉到水面之上。但照現場看來，矢崎先生在這之前就遭到殺害。不然手機也不會落在架子底下。儘管如此，就算沒拍到凶手的臉，手機依舊可能拍到重要的畫面，說不定還能確定犯罪時間，因此我們必須確認手機的檔案。不過沒人知道密碼，對吧？」

弘子點頭。

「矢崎先生有用指紋辨識等密碼以外的認證功能嗎？」

「我也不清楚，可能是用指紋——」

她的回答含糊不清，看來對電子設備不太了解。

這是否意味著要借用屍體的手指來解鎖？和紗耶香的時候不同，犯人不可能削去被害者的指紋，畢竟這次的犯行完全不是事先預謀的計畫殺人。

然而剛才搬矢崎屍體的時候，我注意到矢崎的皮膚在長時間泡水之後，就像餛飩皮一樣浮腫軟爛。這樣應該無法進行指紋辨識。不知道皮膚乾燥需要等多久時間。

「妳對密碼完全沒想法嗎？有沒有可能是生日、車牌號碼之類單純的密碼？」

「可能，但是——」

弘子的聲音顯得沒什麼信心。

她看起來已經開始放棄思考。她敷衍地回答，一邊緊盯著她的兒子，似乎已經不想再繼續待在這個倉庫裡。

矢崎的手機由隼斗收在自己外套的口袋裡。

總之，倉庫的現場調查就到此為止。我們走過積水，返回走廊，朝著樓梯方向走去。

我們將發現刀子和手機的事情，告訴了等在樓梯口的三人矢崎家的兩人一從水中上來，擦乾身體後，便迅速地用睡袋包住身體。

我和翔太郎在移動鐵架的時後，身體也因爲潑到水而有點冷，不過調查其實還沒結束。犯人還留有一個證據，我們至今還沒碰過。那就是被丟在樓梯附近，泡在水中的漁夫褲。

翔太郎再次捲起袖子，同時向我們說明：

「凶手理所當然是穿了這件漁夫褲進入倉庫。除此之外，不可能不弄濕自己就進入地下二樓。這次凶手犯下了預想外的殺人。儘管在至今爲止的兩起命案中，凶手都表現得極其冷靜，但這次凶手想必相當驚慌。既然矢崎先生埋伏在倉庫裡，說不定隨時都會有人過來查看狀況。而且水深及腰，凶手也無法臨時隨便找地方躲起來。

「對凶手來說，最好的辦法就是趕快離開現場。實際上，凶手也的確是這麼做了，凶手甚至連刀子都留在了倉庫裡。凶手雖然成功回到樓梯這裡，但這裡最容易被發現。因此凶手一急之下，就把脫下的漁夫褲隨手一扔。」

翔太郎伸出挽好袖子的右手，打算撿起漁夫褲。

就在這時，被漁夫褲裹住的某樣東西差點掉入水中。

「哎呀。」

他用雙手抓住了它。

「那是什麼？」

待在樓梯上的人也將視線聚焦在人在走廊上的翔太郎手上。他拿起那個東西，放在掌中展示給大家看。

差點掉入水中的東西是指甲剪和夾鏈袋。

「咦？那個不是裕哉的東西嗎？」

「嗯。」

不只我和翔太郎，大家似乎也都馬上想到指甲剪的來源。

這是裕哉背包裡的指甲剪。他通常會把一些衛生用品的小東西，分別裝進夾鏈袋中。在他死後，我們曾經一一檢查他的遺物，所以大家都還記得。

「爲什麼指甲剪會在這種地方？」

花從樓梯上俯瞰著我和翔太郎這麼說。我突然感到一陣不安。

這肯定是犯人留下的東西。這麼一來，最大的嫌犯會不會變成我和翔太郎呢？

裕哉的背包是由翔太郎保管，存放在我們的房間裡。雖然我完全不明白指甲剪爲什麼會出現在這裡，不過這件事會不會引起大家對我們的懷疑呢？

然而，翔太郎似乎完全不爲所動。

「看來大家都記得這個指甲剪是在裕哉的背包裡。奇怪的是，凶手拿走了它。不過要說到誰能拿走這個指甲剪，答案是任何人都可以做到。我和柊一不用說，對其他人來說，其實應該也不難。我和柊一經常不在房間裡。只要在用餐之類的時候，悄悄摸進房間，從背包裡拿走裝著指甲剪的夾鏈袋就好。

「雖然是有點像闖空門的行徑，但是實際上風險並不大。即使被我和柊一發現，只要說自己想用指甲剪，所以來借用裕哉的遺物就好。我們不會因爲這樣就把人當成殺人犯，頂多就是覺得有點沒常識而已。」

我沒有出聲附和，因爲我擔心這樣聽起來會像是兩名嫌犯正在極力辯解。

不過沒人反駁翔太郎的說法。畢竟指甲剪相對來說，確實是誰都能輕鬆拿走，這點是不爭的事實。

隆平盯著翔太郎手上的東西，開口詢問：

「凶手到底打算用指甲剪做什麼？」

「不知道，這也是個問題。至少不是爲了殺人，畢竟正如我們一再強調的，這是凶手意料外的命案。」

犯人到底打算拿指甲剪做什麼？

犯人似乎是要去倉庫取刀子。如果是這樣，犯人的目的因爲矢崎在場而未能達成。

然而犯人卻從夾鏈袋中拿出了指甲剪。原本裝在袋子裡的指甲剪，被犯人特地從袋子裡拿出，想來是要將指甲剪用於某件事上。犯人明明未能達成目的，卻還是需要用到指甲剪嗎？還是說，犯人有我們不知道的目的？

翔太郎把夾鏈袋和指甲剪並排放在地板上，然後拿起漁夫褲的兩邊褲管，抖了抖水之後，再扔到樓梯上。他再次查看走廊，確保沒有其他遺留下來的物品。

「好了，我們終於可以離開水裡了。」

我們七人帶著證物，走上樓梯。

四

刀子和指甲剪被擺在餐廳的桌子上。

接著我們聚在被安置在走廊上的矢崎屍體周圍。

矢崎的屍體依舊濕漉漉。看著他半開的嘴巴，我第一次注意到他左邊臼齒有金牙。

翔太郎向注視著家人遺體的弘子和隼斗開口：

「我們非常需要確認矢崎先生手機裡的檔案。」

「是。」

弘子呆滯地回應。

「能麻煩妳試試看嗎？請試著輸入可能的密碼。如果矢崎先生的狀態適當，再試試指紋辨識。這是我們做不到的事情。」

「好的，我試試看。」

弘子像是想擺脫我們地丟下這一句，然後伸手抓住丈夫的兩側，試圖拖動他的屍體。

「妳要去哪裡？」

被翔太郎攔住後，她維持彎腰抱著矢崎屍體的姿勢抬起頭。

「我要回房間。我們會在那裡進行解鎖。」

「手機解鎖的時候，我們也想在場確認。」

遭到我們五人包圍，弘子和隼斗的臉上露出宛如遇到搶劫的表情。

在我們的監視下進行這項工作，對他們來說肯定是極大的折磨。他們顯得渴望儘早遠離我們。

然而將可能決定眾人命運的檔案交給他們，真的沒問題嗎？我們是否該從遺族的兩人手中搶走手機和屍體，由我們隨意處置？

弘子以悲痛的聲音再次說：

「請讓我們回房間吧。」

最終兩人拖著矢崎，走進三人共用的房間。屍體在走廊上留下了水痕。

「交給他們真的沒問題嗎？他們兩人看起來很憔悴，會不會無法做出明智的判斷？」

「當然不好，不過給他們太大壓力也不好。我們的目的並不是找到凶手就結束，找犯人只是形勢上不得不爲，我們的目標是從這裡逃出去。爲了實現這個目標，我們需要矢崎家的兩人盡可能保持冷靜。」

我和翔太郎走向一二〇號倉庫，那是裕哉和紗耶香的遺體所在的倉庫。

我們還有一些小事需要趁現在處理。一打開門，惡臭撲鼻而來，我捏住鼻子，視線避開地上的屍體。我們找到一根約兩公尺長的塑膠管後，便急忙離開倉庫。

我們要拿這根塑膠管當曬衣桿，好把濕透的漁夫褲晾乾。畢竟我們需要犯人再次穿上漁夫褲去操作絞盤。

由於在場只有翔太郎和我兩人，我問了我一直在意的問題：

「指甲剪是什麼時候被偷的啊？」

「誰知道呢。柊一最後一次看到指甲剪是什麼時候？」

「紗耶香被殺後，大家一起檢查行李時。其他時候我完全沒留意過。」

「這樣啊。我是那天晚上又確認了一遍背包。當時我們在討論能不能拿來裝氣瓶，讓我有點在意，就打開背包看看。當時指甲剪還在。」

原來如此。這樣的話，指甲剪就是在那之後被偷的。

「昨天我們不是在大約晚上八點去餐廳拿罐頭嗎?之後,我們一直待在房間裡。所以凶手能拿走指甲剪的時間點,應該是在兩天前的早上,從我們離開房間那時起,到昨天晚上大約八點之間的某個時間點。不過這個問題也不太重要。不管是什麼時候被偷,都無法用來找出犯人。」

似乎沒人記得我們房間是否有人偷偷進出,即使有人記得,光憑這項事實,也不足以當成證據。

既然這樣,我們究竟該從哪裡找出證據呢?我再次從頭回想昨晚。

根據弘子和隼斗的說法,矢崎從下午七點左右就開始守在地下二樓的倉庫裡。

至於犯人何時來,我們不得而知。總之犯人帶著指甲剪,穿上漁夫褲,來到工具倉庫。矢崎察覺到犯人的到來,潛入水裡,藏在鐵架下,然後開始用手機攝影。他用瓦楞紙板遮住發光的手機螢幕。

不久之後,犯人進入倉庫。

雖然矢崎想必格外小心,以免被犯人發現,但犯人依舊發現了他。可能是聲音、氣泡,或者是螢幕的亮光引起了犯人的注意。

犯人當下立刻拿起一把長柄的樹枝剪,刺向矢崎的胸部。

臨死前的矢崎肯定察覺到自己即將受到攻擊,卻無法抵抗。他的全身可能已經冷得發僵，並且因爲恐懼而動彈不得。

矢崎輕易地遭到殺害。對犯人來說，幸運的是矢崎死在水中，不會傳出他死前的慘叫。犯人大爲驚慌，儘快離開現場。犯人沒碰被害者的手機，也沒拿回藏在架下的刀子。犯人匆忙離開倉庫。返回樓梯時，犯人脫下了漁夫褲，一併扔掉指甲剪和夾鏈袋。犯人小心翼翼走上樓梯，避免被人發現，然後回到自己的房間——事情經過想來大致如此。

我有幾點在意之處。

「指甲剪和夾鏈袋應該不是殺人的證據吧。凶手拿指甲剪做了什麼，我們目前根本毫不知情。」

「是呀，頂多看到覺得有點可疑而已。」

「那麼爲什麼凶手要特意把指甲剪丟在現場呢？就算要丟，丟在其他地方，不是比較不會令人起疑嗎？和漁夫褲一起扔掉，就會被人知道這是凶手用過的東西。」

「沒錯。不過凶手當時非常慌張，不能保證凶手當下能做出合理判斷。」

犯人可能是想趕緊丟掉所有與犯罪相關的物品。

「不過說起來，凶手爲什麼特意拿走裕哉的指甲剪呢？不管指甲剪的用途，機械室的桌子抽屜裡也有指甲剪吧？爲什麼凶手不用那邊的呢？」

我們抵達這裡的當天晚上，在確認「方舟」平面圖的時後，曾經在抽屜裡看過指甲剪。

「不過並不是每個人都知道那裡有指甲剪。」

「啊，也是。」

相對地，每個人無疑都知道裕哉的行李裡有指甲剪。

「還有——這起事件的凶手，和先前案件的凶手是同一人嗎？」

「你是說裕哉和紗耶香案件的凶手，和矢崎先生案件的凶手可能不同人嗎？」

「嗯。」

直覺上，這似乎不可能，但還是需要考慮這個可能性。

犯人看似要進倉庫，拿回刺過紗耶香胸口的刀子。如果是這樣，那麼之前的案件和這次的案件肯定是同一人所爲。

但是犯人最終把刀子留在了倉庫裡，儘管也許只是犯人當時太過慌張，所以沒能取回刀子。不過犯人是在什麼時候注意到矢崎的存在呢？

「——凶手在拿起刀子之前，就殺了矢崎先生，對吧？如果是這樣，凶手的身分可能還沒曝光吧？只是走進倉庫的話，凶手大可隨便掰個藉口，例如需要倉庫裡的東西之類。」

「你說得沒錯。但從凶手的立場來看，凶手應該無法如此大膽地編造藉口。你想想看，犯人以爲倉庫裡沒人在，更別說是偷偷躲在倉庫裡。沒想到矢崎先生用意想不到的方式埋伏在裡面。從凶手的角度來看，自然會認爲矢崎已經洞悉了凶手的罪行，才會埋伏在倉庫裡。

不管刀子如何，凶手可能都認爲自己必須殺掉矢崎。此外，若是與事件無關的某人走進倉庫，發現了水中的矢崎，柊一能保持沉默嗎？」

「不，不可能。我絕對會大吃一驚，可能還會放聲大叫。」

「大多數人都會如此。我也會。不是凶手的人進入倉庫，發現有人躲在倉庫裡的話，應該會覺得對方才是犯人，自己可能會被殺，對吧？如此一來，大聲呼救才是正常的。不選擇呼救，而是用樹枝剪殺害矢崎先生，只能認爲凶手之前就犯過罪行。」

「嗯，確實是這樣。」

第三起事件果然也是由之前的犯人所爲。

第二起事件的目的是隱瞞紗耶香手機的資料，所以與第一起事件的犯人相同。因此可以認爲一系列事件都是同一個犯人所爲。

不過儘管第二、第三起事件的動機都已經判明，犯人是避免罪行曝光才下手。但唯有第一起事件的動機，也就是犯人爲何要在這種情況下殺害裕哉，我們至今仍然毫無頭緒。

翔太郎用塑膠管穿過漁夫褲的左褲管，讓它像稻草人一樣立在走廊的通風口附近。

「這樣應該就好了。」

「來得及在時間到之前晾乾嗎？」

「誰知道呢。就算還有點濕，也只能請用的人忍耐了。」

距離操作絞盤，已經剩下三十二小時多的時間。

在地下一樓樓梯附近的角落裡，不知是否會派上用場的刑具正靜靜地躺著。

五

我們暫時先回到房間。

翔太郎從他的背包中，取出他保管的紗耶香手機。

手機的連接端口塞著衛生紙，好盡可能去除水分。

我們昨天試過一次，但是沒有成功。翔太郎等了一天後，再次幫手機接上充電線，然後按下電源鍵。

「——怎麼樣？」

我吞了口口水，盯著漆黑的螢幕。

等了幾十秒，螢幕仍然一片黑暗。

也許是水氣還沒完全弄乾，或是某處出現短路。即使成功開機，我們也不知道密碼。我們似乎只能放棄紗耶香手機上的資料。

我們決定將證據統一放在一處，於是帶著紗耶香的手機和裕哉的背包，前往餐廳。

花、麻衣和隆平三人都聚在餐廳裡。

眼前的光景就像醫院的候診室，每個人都身懷絕症的樣子，彎著腰坐在椅子上，或是焦躁不安地在桌子旁走來走去。想透透氣的時候便不時起身去洗手間，或是回到自己房間。

然而大家離開的時間都不長，彷彿在等待叫號似地，馬上回到餐廳。

每個人都知道情況即將迎來最終局面。大家已經不能再繼續避開其他人了。

當我們帶著行李走進餐廳時，花率先發問：

「你們去做什麼了？」

「沒什麼，只是晾漁夫褲而已。」

「這樣啊。」

她露出了失望的表情，接著換我問：

「矢崎家他們有什麼動靜嗎？」

「沒有，什麼都沒有。」

自從帶著屍體回到房間後，弘子和隼斗再也沒有消息。

花趴在桌子上，像是自言自語地說：

「指紋辨識眞的可行？這類功能不是叫生物辨識嗎？說的是生物吧？屍體也可以嗎？」

「我想應該沒問題。指紋辨識是透過電流來識別皮膚的凹凸起伏，應該不會因爲是屍體就無法辨識。我讀過一篇網路報導，說用明膠複製的指紋成功通過指紋辨識。啊，不過聽說最新型的手機是用超音波檢測血流。如果是最新型的手機，屍體可能就無法辨識了。」

「那臺手機有那麼新嗎？」

「看上去不是。大概是兩三年前的機種。」

「那不就沒事嗎。」

花抬起頭向我吐槽。

我們把證據放在長桌上，我和翔太郎隨便找了把椅子坐下。

不安地走來走去的隆平開口了：

「密碼是幾位數？」

翔太郎回答：

「我剛才看了一下主畫面，是六位數。」

我沒留意到這部分。

如果是四位數，我們還能一一嘗試所有可能性。所需時間應該不到一天，姑且能趕在時限之前完成。然而如果是六位數，除非是與矢崎家有關的數字，否則不可能猜中。

「矢崎先生的遺體還是濕的嗎？」

麻衣喃喃低語。沒人回答這個問題。

如果是泡澡後皺巴巴的手指皮膚，現在應該已經乾了。不過矢崎可能在水中浸泡長達幾小時。不知道生命活動停止，是否會影響到乾燥時間？

眾人的關注都集中在矢崎的手機上。

畢竟能解開犯人身分的線索，眼下就只能靠矢崎的手機。結果犯人就這樣成功在不被任何人抓到的情況下，犯下三起殺人案。

翔太郎也對犯人的身分保持沉默。

我知道他其實已經有了想法。只是他似乎打算在確認檔案之前，都保持緘默。如果犯人被清楚地拍下來，就不需要進行推理了。沒有必要進行麻煩的討論，直接出示簡單明快的證據是最好的方法。

我們都小心翼翼地避免互相對視。

誰是犯人？這個疑問在整個餐廳中膨脹。

先前只要直接指著人罵就被視爲禁忌了，現在更是稍微刺激一下，就隨時可能爆發爭吵。之所以還沒發展成這樣的局面，是因爲大家都還留有足夠的理智，等待手機解鎖。

不管我來回看了幾遍，整個餐廳內都沒看到像是犯人的人。沒人因爲害怕罪行曝光，而流露出恐慌的跡象。

這也是理所當然，畢竟命懸一線的不只犯人。

一旦確定犯人是誰，我們就得嘗試說服犯人：「反正你最終都會被判死刑，何不用你的性命來拯救我們大家呢？」如果這番說詞無法奏效，接下來不知道怎麼發展。我們要折磨犯人嗎？如果犯人反抗，到時所有人都無法倖免於難。

在某種意義上，我們的命運掌握在犯人手中。我們和犯人都同樣身處困境。

不安和徒勞感沉甸甸地壓在我們心頭上，這種心情想必就是士兵在獨裁者的命令下，前往戰場的感受。

自從地震把我們困在地下，發生了殺人事件之後，我們已經花了整整五天尋找犯人。期間又有兩人死亡。如果在發現裕哉屍體之後，立即進行抽籤，決定誰會留在地下，就能減少死亡人數。這只是單純的結果論嗎？但當我們面對毫無證據的第一起命案時，我們心中豈非不是默默地希望發生第二起命案？

我們所做的事情眞的正確嗎？肯定不是，只是我們無法選擇其他方式。我認爲旁人無權置喙，然而眞正的抉擇還在後頭。

即使不知道誰是犯人，我的腦中依然有問題盤旋不去。

誰當犯人，才可能同意操作絞盤？以及我希望犯人是誰？

對於這兩個問題，我心中已有明確的答案。

這些想法當然不能說出口，只能藏在心底。

我想必不是唯一一個有這樣想法的人。大家都抱著同樣的想法，視線徘徊在餐廳之中。

忽然之間，我對上隆平的視線。我們注視著彼此的臉長達數秒。

儘管矢崎之死和逼近的時限占據我們的大部分心神，不過從他的表情來看，隆平對我的敵意並未減少半分。

在他眼中的我，想必也露出了同樣的表情。

六

距離時限剩下二十四小時。

我起身去洗手間，腳步卻走向了矢崎家的房間。

我想知道情況如何。已經過了相當長的時間，但弘子和隼斗卻仍然沒有任何消息。

他們是在努力解鎖嗎？說起來，他們眞的有在解鎖，確認死者留下的檔案嗎？

矢崎的死對他們來說是個沉重的打擊。他們能在這幾小時，就從打擊中恢復嗎？

他們把自己和死去的家人一起關在房間裡，視線還不能從屍體身上移開。屍體是否已經乾了？已經可以解鎖了嗎？他們必須一次次拿起屍體的手，按在手機上。不順利的話，就要思考矢崎會用的六位數密碼，反覆嘗試輸入。他們真的在認真做這些事嗎？

我對現在的弘子和隼斗是否具備正常判斷能力存疑。也許我們還是應該強行帶走手機和屍體，靠我們來解除上鎖的手機才對？不過光憑我們，根本無從推測密碼——

我偷偷摸到房門外，豎起耳朵，傾聽房間內的聲音。

我聽到弘子的聲音。她的聲調意志堅定，充滿悲痛但絕非茫然自棄。

——如果不成功，媽媽會讓那塊岩石掉下來。隼斗，你就跟那些人一起離開回家。

隼斗含淚回應。

——不要！絕對不要！要是那樣的話，我寧願死在這裡！這樣還比較好！

聽到兒子的回答，弘子發出呻吟。

對話結束，接下來有一段時間，房內只傳來兩人的哭泣。解鎖作業似乎沒有進展。

時間夠嗎？不管怎麼說，我現在也不知道該對他們說什麼才好，便躡手躡腳離開了。

七

我回到餐廳，再次坐在破爛的椅子上。

我不太想把我聽到的事情告訴其他四人。就算我不說，他們應該想像得到。或許最好還是讓弘子和隼斗獨處，讓他們冷靜一下比較好。

不過就算坐在這邊等，他們眞的能夠冷靜下來嗎？即便矢崎過世帶來的衝擊已經過去，也還要面臨逼近的期限。

時間一分一秒地流逝。

儘管無法分辨日夜，但在這座地下建築中，時光的流逝卻比其他地方更加沉重明確。這座建築本身就像一個水鐘。

從走廊傳來了腳步聲。餐廳的門彷彿在戒備跳出來的猛獸似地緩緩打開。

進來的人是弘子，只有她一個人，隼斗留在房間。

她已經打理好表情，臉上不見淚痕。

「關於我家那口子的手機，指紋辨識不太靈光，請再等一下。」

弘子平淡地說完，又轉身回到兒子和丈夫的遺體所在的房間。

我們五個人面面相覷。

「這是怎麼回事？辨識指紋的機能壞了嗎？」

花詢問得不到解答的問題。

麻衣也加上一句：

「指紋辨識有時會不太靈敏，有時候需要重新登錄指紋才能使用。」

我也有過這樣的經驗。

這樣的話，除了猜測六位數的密碼以外，沒有其他解鎖方法嗎？眞是如此的話，情況近乎絕望。

之後，弘子幾次來到餐廳，向我們報告進展。

然而她也只是一再重複一開始的說詞，簡單來說，就是沒有進展。我們提出好好擦拭感應器之類的沒用建議，她只是一臉乖順地點了點頭，然後走回房間。

當我感到待不下去的時候，就會走向機械室，望著兩個螢幕。外頭的景色依然毫無變化。太陽差不多要下山了。

以我爲起頭，大家也像去吸煙區休息一樣，時不時地前往機械室，確認地面的情況。大家藉此轉換心情，尋求平靜。

然而大家因此產生上癮症狀。對外界的渴望讓全身都爲之躁動。即使感到喘不過氣，大家也無法停下盯著螢幕的目光，試圖讓自己回想起外面。

太陽下山後，我們仍舊不停走進機械室。幾近滿月的月亮照亮大地，即使是透過老舊攝影機的模糊昏暗影像，我們仍能感受到含帶草木氣味的新鮮空氣。只要撬開鐵門，鑽出入口的上掀蓋，就能用全身感受那份空氣。這樣的想像令我飢渴難耐。

距離期限只剩下十四個小時多。

我們不僅要在期限內找到犯人，還需要說服或刑求犯人。剩下的時間眞的足夠嗎？

八

我們五個人一直在餐廳等待。

「現在這情況眞的不妙了吧？」

隆平開口。

「那一家人也沒消息，如果現在還看不到檔案，就沒轍了吧。再等下去又有什麼意義？而且那一家人該不會是對我們有隱瞞？不然就是打算一直窩在房間裡，等我們不得不選出犧牲者。他們難道不是打算在那之前一直躲在房間裡嗎？」

隆平是在懷疑弘子和隼斗說不定堵上門，窩在房間死不出來。

若是兩人已經下定決心，決定不管我們怎樣敲門、踹門或大吼都絕對不會出來，我們將不得不在我們五個人之中，選出一人來操作絞盤。等到石頭掉下的聲音傳來，他們再悠悠然地走出房間。

從我剛才聽到的母子對話，我感覺不出他們有這樣的企圖。不過隨著時間過去，他們的想法也會變化。

隆平大步走出餐廳。

我們跟在他的身後。畢竟他的看法不完全是毫無可能的指控。

我們五人的腳步聲在走廊上響起，我們到矢崎一家的房間門前。隆平用拳頭敲門。

「喂！你們打算拖到什麼時候啊？」

他的口氣已經斷定弘子和隼斗就是打算躲在房間裡。

經過一段猶豫，門打開了。嚇壞的弘子探出頭。

房間內很暗，一半的日光燈近乎熄滅。

在弘子的背後，矢崎的屍體仰躺在房間中央，頭朝著門口。三人份的床墊被推到牆邊。以前用過的鋁管躺在地上。拿著手機的隼斗則是跪在屍體身旁。

翔太郎用一種安撫人心又語帶威脅的獨特聲調開口：

「弘子太太，還有隼斗，我們時間眞的不多了。我們想確認矢崎先生手機的內容，不過看你們的樣子，狀況應該沒什麼進展。要是能找到證據當然最好，不過要是沒有證據，我們也必須開始考慮其他選項了。即使不知道犯人是誰，我們也必須決定誰要留在地下。」

「即使不知道犯人是誰？」

弘子小聲地重複。

「這樣當初被關在這裡時馬上決定，不就好了嗎？我們家那口子說不定就不用死了。」

「確實如此。要是我們還選出無辜的人成爲祭品，等於是在無謂增加死者。但我們還是需要做出決定，否則所有人都會死。我們必須在剩下的時間，做最好的決定。」

對於翔太郎的這番話，弘子和隼斗毫無反應。

「最好的決定」已經無法打動他們兩人，畢竟不管做什麼，矢崎都不可能活過來了。

他們之所以抑鬱消沉，也可能是在壓抑心中憎惡。現在這一刻，在我們像搶劫一樣闖入房間的五人之中，有一人就是殺害矢崎的犯人——他們的憎恨就是來自這種確信。

看到母親與我們之間的對話沒有進展，弘子背後的隼斗又拿起死去父親的手，讓手指逐根按在手機上。

隼斗的動作看著就讓人焦急。明擺著就是明知沒用，但還是反覆重複已經嘗試過好幾遍的動作。不知道隼斗是自暴自棄，還是故意跟我們賭氣。

看到隼斗手中的屍體手指沒好好按在手機感應器上，隆平推開弘子，大步走進房間。

「喂，你那樣根本沒用，拿來。」

隆平搶過手機，像是碰髒東西一樣捏起屍體手指，一根一根地反覆按在感應器上。

矢崎的屍體看起來比最後一次看到時更像屍體。皮膚上出現白色和紫色的斑駁斑點。這就是所謂的屍斑嗎？在這段期間，弘子和隼斗就一直在旁見證著這具屍體的變化。

「完全行不通嘛。」

隆平拿矢崎身上的衣服擦拭手機，又重新拿起屍體的十根手指，在手機上的感應器用力按了一輪。

手機被搶走的隼斗像是被推倒一樣趴在地上。

我們看不到他的臉。只見他四肢趴在地上，發出類似動物的嗚咽，然後像尖銳風聲一般嗖地深吸一口氣。

隼斗抓住地板上的鋁管，站起身來。

他兩眼含著淚水，發出大吼。在我們來得及阻止之前，他用鋁管向隆平的頭部猛擊。

「痛死了！你幹什麼！」

隆平想抓住隼斗，但隼斗胡亂揮動的鋁管正好擊中他的心窩。

隆平摔倒在地，倒在矢崎的屍體上。

不發一語的矢崎彷彿露出扭曲的表情，讓隼斗一時退縮，攻勢也緩了下來。

弘子用雙手掩住臉，跌坐在門口附近。爲了制止隼斗，我越過弘子，走進房間。

結果隼斗發出拉長的吼叫，將攻擊目標轉向我。

鋁管打中我的左手腕，我情不自禁地用右手護住左手。

我原本想抱住他，制止他的行動，卻被腳邊的隆平的和屍體絆倒。

我跌倒在地。

鋁管揮下。

——住手！快住手！

——等等，爲什麼會變這樣！

從走廊傳來麻衣和花的尖叫聲。

不過在致命一擊揮下之前，翔太郎用效果十足的一句話，制止了隼斗。

「住手！隼斗，如果柊一是凶手，你怎麼辦？萬一犯人被打得無法轉動絞盤，誰負責？」

鋁管劃過我的肩膀。

隼斗停止了攻擊，搖搖晃晃地走到房間深處，然後跪下來把額頭貼在床墊上。接著他的身體顫抖起來，發出抽泣。

倒在屍體上的隆平慢慢地站了起來。

「可惡，痛死了。」

他喃喃自語，像在檢查平衡感似地搖了搖頭，看上去沒受重傷。

我也把手撐在地上，爬了起來。手腕雖然還有點痛，但沒有大礙。

站在門旁茫然若失的弘子用幾不可聞的聲量，說了一聲「對不起」。

暴力衝突發生了。

我們甚至還沒開始討論選擇犧牲者，但隼斗懷抱著接近殺意的感情，對我們發動攻擊。

我能理解隼斗感到父親的遺體受辱。最年幼的他精神崩潰也是無可厚非。因此對於在房間深處哭叫的他，沒人提出指責。

然而，這場騷亂在我們心中烙下強烈鮮明恐懼。當我們決定誰要留在地下的時候，可能會面臨更嚴重的鬥毆，到最後說不定根本沒人操作絞盤。剛才只不過是預演。

我們等了一段時間，直到隼斗冷靜下來。

等到抽泣聲逐漸平息，翔太郎開口打破沉默：

「各位現在能冷靜聽我說嗎？我們已經沒時間等下去，該決定的事情得趕快決定才行。我有幾個想法，打算在找不到確鑿證據時向大家說，能請各位聽聽看嗎？」

「啊，抱歉。在這之前，我突然想到一件事——」

麻衣插嘴打斷翔太郎剛開頭的演講。

「——關於解鎖，可能還有別的方法沒試過。我是想說，矢崎先生登錄在手機上的，有沒有可能並不是指紋？」

「啊！原來如此。」

翔太郎馬上反應過來，我仍然一頭霧水。

「我有個朋友是登錄手指關節的地方來解鎖，說是因爲指尖容易因爲出汗而感應不良。

矢崎先生是不是也可能這麼做呢？」

聽到這裡，我也意會過來。

手機也能用指尖以外的部位登錄指紋。畢竟矢崎是電工，他可能登錄了關節的部分，以便在手髒時仍能使用手機。

在後面一直摩娑兒子背部的弘子慢慢站了起來，撿起地上的手機。

她拿起丈夫的右手，攤開手後，照著麻衣的建議，用拇指的關節下方按上手機感應器。

「哦！」

弘子輕聲驚呼。

大家立刻圍在她的身旁，只見手機的螢幕已經解鎖了。

「怎麼樣？上面有影片檔嗎？」

「請等一下，呃——」

在翔太郎的催促下，弘子笨拙地點擊螢幕。在幾次錯誤後，她終於打開了瀏覽照片和影片的應用程式。

「——可能是這個？」

弘子滑動畫面，在最底下的地方，有個縮圖一片漆黑的影片。

這就是矢崎最後拍下的影片嗎？點下之後，隨著響起的水底聲響，螢幕上開始播放一片黑的影像。

影片一開始，螢幕上只有不停閃動的高感度雜訊。除了畫面似乎在晃動，什麼都看不出來。過了一會，咕嘟咕嘟的聲響消停，看來潛入水中的矢崎已經在鐵架的底層找到位置安頓下來。

接著全黑的畫面持續了幾十秒。

不久後，畫面的右上角開始泛白發亮。

犯人進入倉庫了！白色部分應該就是犯人手上的燈光。

幾秒後，螢幕彷彿閃爍了一下，畫面隨之變得一片明亮。顯然是犯人打開天花板日光燈的開關。

鏡頭花一點時間對焦。畫面上出現穿著漁夫褲的雙腳，在淹水的倉庫中行走。

大家都屏住了呼吸。犯人用小心翼翼的步伐，走向倉庫深處的架子。

畫面追著犯人腳步。水中的矢崎似乎手在發抖，畫面的搖晃變得嚴重。

犯人突然停在房間的中央。對方扭過身體，雙腳稍微旋轉了一下。

犯人似乎正看向畫面的方向。穿著漁夫褲的雙腳在原地停留了一會。

該不會這就是犯人注意到矢崎躲在鐵架底下的瞬間？沒過多久，犯人的雙腳往內走向倉庫左邊，然後轉身朝向這裡，毫不猶豫地向畫面衝來。

「啊——」

弘子情不自禁地按住自己的嘴巴。

不會有錯，犯人正準備攻擊矢崎。

畫面劇烈晃動，想來是矢崎正掙扎著想從鐵架爬出來。

一如我們所知，矢崎沒能來得及逃出鐵架。樹枝剪的尖端在水中逼近畫面。

手機被拋了出去。畫面一陣旋轉，最後映出矢崎吐出的氣泡。

畫面變暗了一會，然後影片就結束了。

我們面面相覷，彷彿在電影院看恐怖片，結果看到令人不滿的結局。

「這樣有辦法知道凶手是誰嗎？」

花不滿地說。

從影片來看，畫面上就只有穿著漁夫褲的腳，沒有拍到任何能鎖定犯人身分的線索。

要每個人輪流穿上漁夫褲，試圖模仿犯人的步伐嗎？和影片中一致的人就是犯人——這樣行不通。這是在水中拍攝的影片，而且畫面還嚴重晃動。漁夫褲襠部以上的部分又很長，大家穿著漁夫褲的模樣大概不會有什麼差別。使用最新的技術進行分析，可能會有幫助，但光憑我們討論不出結果。我們大概只會互相指責，讓情況惡化。

「弘子太太，拍攝時間是幾點呢？」

被翔太郎一問，弘子重新握好快掉下來的手機。看到丈夫在影片中鮮明重現的死亡畫面，讓她再次受到打擊。

「——上面顯示晚上十點四十八分。」

「這樣啊，約是發現屍體的四小時之前——好。」

翔太郎看了一眼手機，確保她說得沒錯，然後說道：

「僅憑這支影片，我們無法確定凶手。凶手應該也這麼想。但這部影片非常有參考價值。多虧了它，我現在能更有把握地說出我剛才要說的話。如果大家沒有異議，我想請大家移駕到餐廳，可以嗎？接下來要談的不是什麼開朗的話題，還是在寬敞一點的地方談會比較好。而且我也需要用到放在那裡的證據。」

弘子依舊垂下視線，注視著丈夫的屍體。她開口詢問：

「這是說，你要告訴我們凶手是誰嗎？」

翔太郎明確地回答。

「沒錯。」

弘子深深嘆了口氣，攬過兒子的手臂摟住他。隼斗也沒抗拒母親。

翔太郎走在前面，剩下的人像是送葬隊伍，跟在後面離開房間。

在我們七個人中，有一人即將面臨死亡。我們確實和抬棺的送葬隊伍沒有區別。

第五章　選定

犯人的動搖。

每個人都因爲緊張和疲憊而掛著宛如死人的表情。即使到這一刻，依舊沒人出現像疑似

還活著的人只剩七人。大家都能仔細觀察其他人的神情。

我們站在餐廳長桌的一側，圍成一個圓圈。

—

翔太郎瞥一眼桌上的證據，然後說道：

「如同大家知道的，我們接下來必須決定誰要留在這座地下建築。我們只剩下約十二小時。不過接下來我要說的話，請大家暫時忘記這個前提。儘管有些難，不過當各位在考慮我的推論是否正確時，請留意不要將此一事實視爲前提，否則我們可能會誤殺無辜。

「此外，在縮小犯人範圍的過程中，我不會將各位的關係納入考量。例如『矢崎幸太郎先生遭到殺害，大受打擊的妻子和兒子不可能是犯人』，我不會因爲這樣的想法就排除嫌疑。嫌犯不會有任何特權，包括我自己。這樣做是爲了盡量避免留下怨恨——在這個前提下，當大家都認可我的推論無誤，我們再來討論關鍵議題，可以嗎？」

翔太郎的視線逐一掃過每一位嫌犯。每個人都依次點頭表示同意。

犯人的身分接下來眞的要被揭開了嗎？每個人都還是半信半疑的樣子。不過即使是在這個期限逼近的緊張時刻，聽到翔太郎宣布他將完全根據邏輯指出犯人，還是讓每個人都稍微安心了一點。

二

翔太郎盡可能冷靜說明。

「那麼就開始吧。首先，讓我們回顧一下裕哉的命案。

「在約一百四十小時前，我們在地下建築等待早晨來臨時，發生了地震。地震導致當作路障的巨岩堵住了出入口的鐵門，把我們困在地下。此外，水開始流入建築物內，除非有人犧牲自己的生命，不然我們無法從這裡逃脫。

「與此同時，我們發現裕哉遭人殺害。在大家四處尋找用來卸下鋼梁的扳手時，他被人用繩子勒死，死在地下一樓盡頭的倉庫內。他的死法很單純，沒有任何疑點。奇怪的是，爲什麼凶手非得在被困在地下的那一刻殺他呢？凶手自己也會陷入艱難的困境。凶手應該想像得到，如果被人識破，自己將被強迫成爲留在地下的祭品。

「另一方面，對於不是凶手的人來說，想必會相當困惑，不知該如何面對這起命案。如果裕哉沒有被殺害，我們會怎麼辦呢？我們說不定會爲了決定犧牲者，展開血淋淋的廝殺。不管幸或不幸，我們姑且不談。事件的動機全然不明，不過我本來就認爲從動機來確定凶手是不可能的。從時間上來看，只能認爲謀殺是由這個特殊情況引發的。然而以這個條件來說，所有嫌犯都是平等的。那麼我們究竟應該用什麼依據找到凶手呢？這是第一起事件的大問題。除了動機之外，這個事件沒有留下任何謎團。」

作案現場沒有任何成爲線索的證據，犯人幾近完美地犯下第一起命案，所以我們才會隱約心懷希望，期待第二起事件發生。

「當然凶手也並非完全沒留下任何證據，只是我們沒能注意到而已。遺漏證據自然令人扼腕。若是我們當時能立即想到，或許就能避免第二和第三起事件發生。事到如今，我們除了詢問凶手以外，也無從得知了。」

除了我和犯人以外，其他人應該都不知道翔太郎在說什麼。不過這段話彷彿在責怪大家未能及時察覺，才導致第二、第三起事件發生，讓現場頓時出現緊張的氣氛。

弘子張開抿緊的嘴唇，用緊繃的嗓音詢問：

「你說凶手留下證據是什麼意思？到目前爲止，你都沒提過吧？」

「當我意識到這個可能性時，已經太晚了。當時告訴大家也已經沒有意義了。那麼就讓我們談談第二起事件吧。聽完之後，大家也許就能接受證據是什麼。我們接下來也要進入找犯人的正題。」

三

「第二起事件發生在我們遭困的第二天晚上。紗耶香遭到殺害，頭還被割下來。首先，讓我們回想一下事件前後的情況。」

翔太郎像是在念活動的節目單一樣，對事件當晚的時間表一一確認。

「當天晚上八點左右，紗耶香從餐廳拿了一罐辣味番茄牛肉醬罐頭，回到自己的房間吃晚餐。直到事件發生的前一天，紗耶香都和花住在同一間房間，但在兩人討論之後，她們決定分房間睡。是這樣對吧？」

「——沒錯。」

花沮喪地回答。

翔太郎毫不在意花的反應。

「在獨自用餐的時候，紗耶香不小心摔碎玻璃杯。爲了清理四散的碎片，她去了地下二樓，從二一五號房的電工工具箱裡拿走絕緣膠帶，然後用膠帶清理地板上的碎片。打掃結束的時候，花剛好來紗耶香的房間看狀況。她想到紗耶香用的絕緣膠帶，剛好可以拿來去除貼身衣物上的毛球，便向紗耶香借了膠帶，回到自己房間。根據花的說法，事情經過就是這樣，沒錯吧？」

「——嗯。」

在翔太郎真意不明的情況下，花的回答顯得有些冷淡。

由於我也遠遠看到了兩人遞膠帶的樣子，所以這個說法值得相信。

「打掃完畢後，紗耶香開始找東西。有人看到紗耶香從晚上九點半左右到晚上十點左右，在建築物內走來走去。這一點也沒錯吧？」

被翔太郎問到，目擊者的隆平、麻衣以及花都點頭同意。

「當時沒人知道她在找什麼。不過後來，我們在工具箱上發現了紗耶香的手機。從手機套和工具箱上都沾有辣味番茄牛肉醬污漬來看，紗耶香顯然是在去拿絕緣膠帶的時候，不經意地把手機放在那裡了。」

發現手機的人是翔太郎。當時他向大家報告過發現手機的狀況，因此這件事對每個人來說都不是新聞。

儘管如此，翔太郎還是說明下去。

「也就是說，她在找的東西就是手機，而且手機還剛好和工具箱的顏色非常相似。清理完玻璃碎片後，紗耶香意識到她把手機遺忘在某處。她肯定先回到倉庫找。到自己最後去過的地方找是理所當然，然而她沒能注意到自己放在深藍色工具箱上，有著深藍色手機套的手機。既然找不到手機，紗耶香就只能依序搜索可能的地方。漸漸地，她對自己的記憶愈來愈沒信心，甚至開始去找她根本沒去過的地方。想必大家都有這樣脫線地找東西經驗吧。」

「我懂，我偶爾也會這樣。」

花彷彿終於找到放心附和的話題，出聲回應。

找東西常常會出現這種情況，我也經常這樣。更別說在這裡的時候，注意力時常被生命受到威脅影響，這類失誤也隨之增加。

「對吧，各位想來應該沒有異議。回到事件經過：紗耶香最後一次被人目擊是在晚上十點後。她當時仍在找手機，後來在地下二樓被人勒死。接下來，凶手將刀子刺進紗耶香的胸口，又從地下一樓的倉庫拿走紙抹布，割下紗耶香的頭。凶手找個地方——大概是地下三樓的水中——丟下頭之後離開了現場。凶手還從房間裡拿走紗耶香的行李處理掉。雖然不知道凶手在哪個時間點前往房間，總之肯定是凶手所爲。好了，事情經過應該就是如此。

「與裕哉命案相比，第二起事件有許多謎團。最奇怪的是凶手爲什麼特意割下紗耶香的頭顱。我們就從這個理由開始說明。」

爲什麼犯人特意割下屍體頭顱呢？我在發現屍體的當晚，已經聽過這個問題的答案。紗耶香的手機中存有對犯人不利的資料。爲了湮滅資料，犯人不得不殺掉她。

然而紗耶香卻遺失了最重要的手機，無從得知手機到底在這座地下建築的哪個角落。要是凶手殺了紗耶香之後就這樣放著不管，萬一找到手機，大家藉由屍體的臉通過手機臉部驗證，凶手想要隱藏的資料就會暴露在眾人面前。因此凶手決定割下紗耶香的頭——翔太郎向大家道出我當時聽到的說明。

大家宛如醍醐灌頂，所有人的激動目光都集中在桌上的紗耶香手機上。

弘子詢問翔太郎：

「剛才你說遺漏的證據就是這個嗎？這個手機裡面保存了事件的證據？」

「正是如此，我想不出其他解釋。」

「你說過手機壞了，對吧？」

「是的，當我發現手機的時候，手機已經一半都浸在水中。即使手機沒壞，我們也很難確認裡面的檔案。既然不能靠臉部辨識解鎖，就只能嘗試破解密碼了。這件事多困難，相信弘子太太你們也很清楚。凶手的目的已經達成了。我們無法確認裡面檔案，要說證據究竟是什麼，我說『除了詢問凶手以外，也無從得知了』，指的就是這件事。

「不過在銷毀證據的一連串行動之中，凶手留下了別的線索。只要循著這個線索，就能將嫌犯的範圍縮小到一定程度。柊一，在紗耶香的事件之中，不是還有一些尚未解決的謎團嗎？你試著回想一下。」

「嗯？喔。」

紗耶香遇害的那晚，我列出七個謎團。其中四個已經有答案，但剩下的依然成謎。

「首先是誰殺害了紗耶香，這是理所當然的問題。再來就是凶手爲什麼要特地拿刀刺進紗耶香的胸口？還有凶手爲什麼要去地下一樓的倉庫拿紙抹布？應該就是這三個問題。」

「沒錯。」

殺人之後，儘管似乎沒有必要，犯人卻像要下最後一擊，拿刀刺進紗耶香胸膛。此外，明明地下二樓的倉庫就有一堆抹布可以擦拭血跡，犯人卻特地去地下一樓拿紙抹布。關於犯人的這兩項行動，我到現在還沒想到合理解釋。

「剛才柊一列出的謎團中，刀子的問題其實與犯罪動機有關。要解釋犯人爲什麼要在這種極限狀態下殺人時，刀子非常重要。然而在這起事件上，在我們鎖定凶手之前，我們還不能討論動機。

「先從紙抹布開始說吧。割下紗耶香的頭之後，凶手爲什麼不使用地下二樓的抹布，而要去地下一樓拿紙抹布呢？進出位於地下一樓的一一八號房是有風險的，畢竟附近房間裡睡著其他人。要是被人發現自己偷偷摸摸拿走紙抹布的樣子，無頭屍體被人發現的時候，懷疑的矛頭肯定馬上指向自己。事實上，如同所有人一起確認過的，根據凶手留下的跡象，凶手在拿紙抹布時相當小心，避免發出任何噪音。」

裝著紙抹布的籃子沒被放回架上，而是直接留在地上；相對之下，地下二樓的工具類收納箱整齊擺好。由此可見，犯人顯然想避免把籃子放回金屬製的架上時不小心發出噪音。

「儘管有一定風險，凶手還是非去拿紙抹布不可。這是爲什麼？」

犯人不可能不知道地下二樓有抹布，畢竟抹布就在用於犯行的工具旁邊。

換句話說，犯人就是需要紙抹布，而不是抹布。

「不過就擦拭血跡的功能上，抹布和紙抹布之間並無區別，兩者都能達成目的。這就表示凶手還用紙抹布做了擦拭血跡以外的事情。那麼凶手是用紙抹布做了什麼呢？想想紙抹布做得到，但是抹布做不到的事情，就能找到答案。有人明白這兩者的差異嗎？」

——對於翔太郎宛如兒童情操教育的提問，沒人想要回答。

無可奈何之下，我只好發表我隨便想到的答案。

「會是紙抹布比較容易燃燒嗎？」

「這也可能，不過在這起事件中，凶手沒有用火的痕跡。說起來，這座地下建築也沒有火種。答案是更單純的原因。」

「不然就是——相較於抹布，紙巾更輕、更薄，而且容易撕破。」

「沒錯，正是如此。」

我似乎答對了。

然而我依然沒進入狀況。就算紙巾比較輕、比較薄，又容易撕破，犯人到底要拿紙抹布做什麼呢？

「紙抹布的這種特性究竟能派上什麼用場，這個問題只要細想割下頭顱的情景，就能找到答案。在殺害紗耶香之後，凶手需要花多少時間，才能在二〇六號房裡完成割斷頭部的工作？凶手需要穿上長統靴，穿上圍裙和手套，用鋸子割下頭部，並且進行清理，這些作業應該至少需要十五到二十分鐘。而且考慮到不熟練的問題，小心謹慎一點的話，說不定會需要將近一小時。在這段時間內，凶手最擔心的當然就是被人發現。噪音應該還不用太擔心，畢竟地點靠近機械室，只是一點點噪音的話，都能靠發電機的聲響蓋住。問題在於光線。凶手能光靠手機的ＬＥＤ燈，就完成割下頭部的工作嗎？」

大家都輕輕搖頭，表示否定。

光靠手機的亮光應該很難吧。只能照亮手邊的話，實在令人不安。要是不小心讓血沾到自己的衣服就完了。而且因為沒有手機架，只能讓手機靠著牆壁，應該很難做事。

「沒錯，凶手也是這麼想的。在割下頭部的時候，凶手肯定想打開房間的日光燈吧。如此一來，就出現另一件需要考慮的事情。這座地下建築的門除了出入口的鐵門之外，作工都很簡陋。而且因為沒有門框，只要開燈，光線就會透到走廊上。如果只是這樣還好，但是對凶手而言，不幸的是地下二樓那個房間附近的走廊電燈都壞了，讓那一帶變得很暗。從房間透到走廊上的光線會變得相當引人注目。萬一有人下到地下二樓，就會立刻注意到房間裡的燈亮著。」

「——確實如此。」

這麼一講，犯人當然會很在意工作時透出的光線，我之前完全沒想過。

「要是房間的燈光被人察覺，將會是致命問題。因爲房間內照理來說不該有人，要是有人來確認狀況，凶手將無處可逃。凶手必須防止光線透出去，以免有人來到地下二樓，注意到自己。反過來說，只要採取措施，防止光線透出房間，被發現的危險就會大大降低。那個房間內沒有放什麼重要物品，因此不太可能會有人特地前來查看。

「總而言之，凶手必須想辦法堵住門縫。因此凶手才到地下一樓拿了紙抹布。」

「——因爲不是又輕又薄的東西就不行，對吧？」

「沒錯。抹布太厚了，無法塞進門縫。不過如果是紙抹布，只要細心填滿門縫，就能夠幾近完美地避免光線外漏。工作結束後，凶手就拿紙抹布擦拭地板上的血，然後和頭一起處理掉。」

聽了翔太郎的解釋，大家就像輪胎洩氣一樣，紛紛小聲地發出「嗯」或「哦」之類表示贊同的喟嘆聲。

爲了避免在進行長達數十分鐘的割頭作業期間，光線透出房間——這就是犯人爲何特地去地下一樓拿紙抹布的唯一合理解釋。

大家再次繃緊精神，敬畏地看著翔太郎。先前他宣告自己將以所有人都能接受的推理，找出犯人的身分，如今他的承諾正逐漸成眞。

翔太郎繼續說了下去。

「需要紙抹布的原因已經釐清了，而這一點在鎖定凶手的身分上，有著非常重大的意義。因爲要堵住門縫的話，有著遠比塞紙抹布更簡單安全的方法。柊一，如果你在自己公寓裡，想要堵住房門的門縫，你會怎麼做呢？」

我也逐漸掌握翔太郎推理的輪廓。

「——當然是用膠帶。用牛皮紙膠帶之類的來封住縫隙。」

「沒錯，這應該是一般人防止透出光線時，首先會想到的方法。通常不會用把紙抹布塞進縫隙這種勉強的做法。凶手在這座地下建築，沒道理不能用這個方法。地下二樓有各種膠帶。另外可能不是每個人都知道，但是在工具類倉庫隔壁的二〇五號房內，左後方架子上從下數來第三層的紙箱裡，裡面也有牛皮紙膠帶或ＰＶＣ膠帶之類的。」

那是我和翔太郎在找六角扳手時發現的物品。

「要避免漏出光線，更簡單的方法是使用膠帶封住縫隙。儘管如此，凶手卻特意到地下一樓的倉庫拿紙抹布。凶手在地下一樓沒有其他要事，這點我們先前已經確認過了。也就是說，凶手出於某種原因，無法使用膠帶封住房門的縫隙。這樣一來，誰不能使用膠帶？只要探討這個問題，就能把凶手的可能人選縮小到兩個。」

翔太郎停下來，提醒大家做好覺悟。

我們終於要從七人之中，選定無辜和有罪的人。

「——首先，雖然有點像偷跑，不過請容我先把我和柊一排除在嫌犯之外。地震後找扳手的時候，在那個倉庫找到裝著膠帶的紙箱的人正是我們。這意味著我和柊一都知道地下二樓的倉庫裡有膠帶。我們完全不需要去地下一樓拿紙抹布。矢崎太太他們應該可以爲我們證明這一點。」

翔太郎把視線投向弘子。

她猶豫了一下，但是老實回答。

「——是的。這兩位確實知道膠帶的存在。」

當時我們從倉庫拿出膠帶，問矢崎一家膠帶能不能用。由於工具箱中就有絕緣膠帶，所以我們找到的膠帶沒派上用場，沒想到因此證明了我們的清白。

輕鬆地證明自身清白之後，翔太郎繼續說。

「花也不是凶手。在事件發生之前，她才向紗耶香借了絕緣膠帶來去除毛球。如果花是凶手，她大可使用那捲膠帶來封住門縫。因此她也不需要拿紙抹布。」

「——嗯，對。」

花睜大了眼睛，大概是在應聲的時候還沒完全理解。

翔太郎輕輕點頭，然後轉向弘子他們。

「矢崎家的人看過我們拿出膠帶，所以知道地下二樓有膠帶，但他們可能不清楚膠帶的具體位置。這一點難以證明，所以無法作爲無罪的證據。然而如果矢崎一家是凶手，他們根本不需要割下紗耶香的頭。這又是爲什麼呢？只要重現一下當時情境就能明白了。

「矢崎家若是有人想堵住門縫，會怎麼做呢？第一個想到的應該會是二一五號房工具箱裡的絕緣膠帶，因爲他們前一天才用過。如果矢崎家的某人是凶手，應該會用絕緣膠帶去封住門縫。由於是在地下二樓，自然也不會被人發現。實際上，絕緣膠帶已經被紗耶香拿走，不在工具箱內。但是不知道這一點的話，自然就會想要打開工具箱去拿膠帶。

「而紗耶香的手機就在工具箱的蓋子上。即使手機套的顏色和工具箱再怎麼相像，要打開蓋子的話，就不可能沒注意到手機。也就是說，如果矢崎家的某人試圖堵住門縫，就必然會發現紗耶香的手機。

「一旦找到手機，在那個時間點，割下紗耶香的頭的動機就不復存在。因爲割下頭只是爲了避免不知去向的手機被人解鎖，要是找到手機，就不用把頭丟進地下三樓。凶手完全不需要冒險。因此凶手不可能在矢崎一家之中。有人想反駁的話，可以提出來喔？」

臉色蒼白的隆平張開嘴巴，試圖發話，卻被翔太郎舉起右手制止，加以補充：

「——我剛才的推論，是以矢崎一家不知道紗耶香拿走絕緣膠帶爲前提。如果他們知道，矢崎家的人就會去地下一樓拿紙抹布。那麼矢崎一家有機會得知這件事嗎？讓我們來探討一下。首先，矢崎家的人是否有機會看到紗耶香拿著膠帶走過走廊？

「答案是不可能。紗耶香帶著杯子和罐頭回房間，是在晚上八點左右。她大約在晚上九點把膠帶交給了花。要看到她的話，就只能趁這一個多小時的空檔。然而在這段期間，矢崎家的人一直窩在一〇三號房。我可以證明這一點，因爲我和柊一當時一直待在餐廳。這段期間若是矢崎家有人離開房間，經過走廊，我們一定會注意到，對吧？」

「——是的。我們根本不知道膠帶被拿走了。」

弘子這麼回答。

我也還有印象。當時我和翔太郎在餐廳吃晚餐，試著修理瓦斯爐。除了矢崎在晚上七點前來拿罐頭之外，他們一家人都沒踏出過房間。

「還有一種可能，就是凶手在殺死紗耶香之前，從本人口中得知她拿走絕緣膠帶。不過這一點也不太現實。因爲凶手應該是從背後悄悄接近紗耶香，勒住她的脖子，想來會避免在下手前和被害人交談。萬一紗耶香大聲呼救，凶手就不得不放棄行動。殺人的機會相當有限。紗耶香在找東西，對凶手來說，可說是絕佳的時機。在這種情況下，凶手想必不會浪費時間交談。」

紗耶香的聲音非常清亮，凶手應該會提神戒備，避免讓她開口說話。而且就算交談，我也不認爲紗耶香會主動向矢崎家的人提起自己拿走絕緣膠帶。

我、翔太郎、花、矢崎弘子和隼斗都被排除在嫌犯之外。正如翔太郎的宣言，嫌犯現在只剩下兩人。

我們七人原本在長桌旁圍成圓圈，現在陣型散開，變成五人圍住隆平和麻衣。

隆平的身體顫抖，放聲大叫。

「這根本不可能，也太扯了吧！就用拿紙抹布替人定罪嗎？凶手可能想設圈套陷害我和麻衣啊！如果是這樣怎麼辦？」

翔太郎絲毫不爲所動。

「幸好——或者不幸地說，這種可能性幾乎是零。我認爲凶手不太可能會爲了嫁禍而故意採取不合理的行動。因爲不論是去地下一樓拿紙抹布，還是割下紗耶香的頭，對於凶手來說，風險都太高了。

「說起來，要是凶手爲了嫁禍隆平或麻衣，刻意到地下一樓拿紙抹布，就代表凶手知道紗耶香拿走絕緣膠帶，甚至還知道手機放在工具箱上等一切情況，否則計畫就無法成立。

「這個計畫本身就很難以令人信服，而且要這麼假設的話，就代表凶手明知手機在哪裡，還特地割下紗耶香的頭。割頭不是爲了隱藏檔案，只是爲了陷你們入罪。眞的可能嗎？不管凶手多小心，割頭這件事都伴隨著被發現的風險。而且僅僅是爲了嫁禍給別人的話，這個計畫太迂迴了。大家認爲凶手在作案時，眞的訂定了以我的推理反推回去的計畫嗎？」

面對翔太郎的發問，大家、隆平和我都保持了沉默。

割頭和拿紙抹布都是犯人爲了自己而採取的必要行爲，這一點我不得不承認。

然而最後剩下的兩名嫌犯，卻讓我難以平復情緒。

我並不是沒考慮過麻衣和隆平之中的其中一人可能是凶手。相反地，這個問題可說是困擾我已久。麻衣和隆平之間，究竟誰是凶手？這個二選一的結果將會嚴重影響我的命運，以及大家的命運。

翔太郎確認似地再次向隆平開口：

「好了，隆平，你還有什麼要說嗎？」

「沒——」

「那就好。我們來把話聽到最後吧。」

隆平咬緊牙關，瞪著翔太郎。

翔太郎不以爲意，轉而詢問麻衣。

「麻衣呢？現在若是有什麼想反駁，可以提出來。」

「不，我沒什麼意見。我覺得你的推理很厲害，應該接近完美吧。」

麻衣溫和回答。

隆平朝她打眼神，像在呼籲她攜手抗爭，不過麻衣連看都不看他一眼。即使在這種時候，她也拒絕與丈夫合作。

四

我們圍住兩名嫌犯，翔太郎終於開始最終審判。

「到第二起事件為止，我已經說明完畢。我們將嫌犯縮減到兩人，但就到此為止。我們手上的資訊還不足以確定凶手是隆平還是麻衣。然而在僅僅二十五小時以前，發生了第三起事件。矢崎幸太郎先生遭人殺害。這起事件也許本來沒必要發生，不過透過這起事件，我得到了最後的關鍵線索，讓我能在兩名嫌犯之間，鎖定出其中一人。首先，讓我們回想一下事情的經過。」

翔太郎照例道出命案當晚的時間表。

「矢崎先生帶著潛水裝備，悄悄待在地下二樓的工具倉庫。根據弘子太太的說法，大概是從晚上七點開始，沒錯吧？」

「——是的。」

弘子和隼斗從兩名嫌犯身上別開視線。

「他這麼做是爲了埋伏等待兇手。矢崎先生在地下建築內尋找殺人的證據，結果在倉庫內發現被藏在架子隔板下的沾血刀子。我們不知道兇手爲什麼這麼做，不過矢崎先生認爲兇手既然藏起刀子，就表示兇手會回來拿。因此他才用潛水設備躲在水中，打算捉住兇手。他的猜想正確，在十點四十八分左右，兇手溜進昏暗的倉庫。矢崎先生一如計畫，躲在水下，開始用手機錄影。在取回刀子之前，兇手察覺到有人躲在鐵架底層，於是便拿起樹枝剪，殺死水中的矢崎先生，然後急忙離開現場，把刀子留在原地。屍體在半夜兩點半左右，被弘子太太和隼斗發現。

「——以上經過大多是基於兩人證詞，但應該不用懷疑眞實性。不管怎樣，兇手殺害躲在水中的矢崎先生，這一點是毋庸置疑。重要的就只有這一點。在這起事件當中，乍看也沒有留下任何可以直接指向兇手的證據。矢崎先生留下的影片中，當然也沒拍到兇手的臉。不過兇手卻留下了間接證據。兇手連同脫下來的漁夫褲，留下了一把指甲剪和一個夾鏈袋。」

指甲剪和夾鏈袋原本都在裕哉背包裡。犯人在我們不知道的時候拿走了。

「兇手爲什麼帶著指甲剪？去倉庫拿刀子不太可能需要這樣的東西。說到底，很難想像在地下二樓會有什麼事需要用到指甲剪。而且現在我們把嫌犯範圍縮小到兩人之後，凶手帶著裕哉的指甲剪這件事就更顯得奇怪。爲什麼呢？因爲地下建築內有別的指甲剪，而且隆平和麻衣都知道。指甲剪就在機械室的桌子抽屜裡。麻衣和隆平都在我們到這裡的那天晚上看過，對吧？」

我也記得。裕哉、花和紗耶香去外面尋找手機訊號的時候，在機械室的兩人確實看到了指甲剪。

翔太郎確認麻衣和隆平都沒否認，繼續說了下去。

「如果他們需要指甲剪，只要用機械室的那把就好了，沒必要特地從我和柊一的眼皮底下偷偷拿走裕哉的指甲剪。從這一點來想的話，凶手拿走指甲剪的原因只有一個，那就是拿去丟掉。」

「拿去丟掉？」

我不禁用驚訝的語氣反問。

「沒錯，凶手把指甲剪帶到地下二樓是爲了丟棄它。畢竟是偷偷拿出來的東西，要是隨便丟在地下一樓的哪個地方，被人發現的時候反而有點麻煩。既然如此，只要在地下二樓隨便找個角落丟就可以解決了。地下二樓已經泡在水裡了，所以不太需要擔心被人發現。對凶手來說，這應該是最簡單又確實的處理方式。

「然而出乎凶手的意料，矢崎先生躲在地下二樓的倉庫裡，讓凶手犯下預料外的殺人案。凶手在慌亂之下忘了丟棄指甲剪。因此在凶手脫掉漁夫褲的時候就順便一起扔了。畢竟凶手本來就打算丟掉指甲剪。事情便是如此。總之，凶手帶著指甲剪並不是爲了拿來用。」

「——既然這樣，凶手爲什麼要帶走裕哉的指甲剪呢？」

「既然不需要指甲剪，那麼凶手需要的就只會是另一個東西了。」

翔太郎拿起長桌上皺巴巴的塑膠夾鏈袋。

「凶手需要夾鏈袋？」

「對，凶手需要夾鏈袋。更進一步地說，兩人之中，需要這個的人就是凶手。有人能夠想到進出地下二樓的凶手，爲什麼會需要這樣的袋子嗎？夾鏈袋並不是要拿來裝預定取回的刀子，因爲袋子太小了。而且如果是這種用途，地下建築內就有垃圾袋，裕哉的背包中也有幾個摺疊起來的塑膠袋。凶手需要的不是這類袋子，而是這種帶拉鍊的小袋子。

「在地下二樓需要這種小袋子的理由只有一個，答案並不難，大家都想得到。」

儘管翔太郎這麼說，依然沒人回答。究竟是大家都想不出答案，還是大家害怕說出決定犯人是誰的答案呢？

我還沒想通答案是什麼。看不下去的翔太郎便給我提示：

「想不到的話，可以回想一下出現在矢崎先生拍的影片中的東西。你還記得嗎？凶手是舉著燈光，走進淹水的倉庫。那個燈光是什麼？」

「啊！哦——原來如此！是手機！」

「答對了。」

矢崎拍的影片中，拍到了手機的LED燈的燈光。

「凶手拿著當作照明的手機來倉庫。凶手是直接拿著手機嗎？恐怕並非如此。凶手要在水深及腰的水中來回行走，想必會怕手機掉進水裡。要是不能用手機，在地下的期間就會有各種不便。凶手應該是想上個保險，以免發生意外。

「因此凶手才決定借用裕哉的夾鏈袋，指甲剪只是多餘的附屬品。要拿來裝手機的話，不論是塑膠袋，還是垃圾袋都不合適。不但操作起來不方便，尺寸也太大，不便攜帶。」

將手機放進夾鏈袋，就能在泡澡的時候用手機——我好像在哪邊聽過這個小技巧。

翔太郎高聲詢問，像在確認大家有無異議。

「凶手爲了裝手機而用了小夾鏈袋，然後因爲擔心手上的夾鏈袋會成爲證據，所以跟著指甲剪一起丟棄在現場。有人無法接受這個結論嗎？」

沒人提出異議。隆平似乎想抗議，但無話可說。

翔太郎終於直搗核心。

「——以此爲前提，就能輕鬆鎖定凶手：凶手把手機放進夾鏈袋是因爲有此必要。也就是說，凶手的手機沒有防水功能。好了，隆平，麻衣，請兩位讓我們看看你們的手機吧。」

包圍網中心的兩人頭一次四目相交。

接著隆平和麻衣像說好似地，用莊嚴的手勢同時從口袋取出手機。

我不用確認也知道答案。就在那場地震後不久，我們在地下二樓的小房間確認水位上升時，隆平手機掉進了水裡，而手機並沒有問題。

而當我和麻衣一起穿過淹水的地下二樓時，我在幽暗的走廊上，舉著發亮的手機。她靠在我的身邊，沒有拿出自己的手機。難道不正是因爲她擔心手機不小心掉進水中嗎？

翔太郎將兩部手機關機後，打開了ＳＩＭ卡的卡槽。從卡槽有無防水膠條，就能區別出手機是否有防水功能。

翔太郎把手機交給大家傳看。

等所有人確認完畢後，翔太郎宣布判決：

「有防水功能的是隆平的手機，而麻衣的手機沒有防水功能。」

我彷彿貧血發作，眼前像是吹起一陣沙塵暴似地變得黑暗，腳步也搖晃不穩。

「不——不可能，這是被人陷害——」

令人驚訝，試圖抗議的人竟然是隆平。

翔太郎直接駁回隆平的抗議。

「我聲明一下，和第二起事件一樣，矢崎先生命案的證據不太可能是刻意作爲。爲了讓懷疑的矛頭指向手機沒防水功能的人，而把小袋子連著漁夫褲一起丟棄，這樣的想法實在太過不切實際。這起事件是突發事件，就連凶手都始料未及。好了，麻衣，我們已經找出凶手了。如果妳有什麼要說的，請告訴我們。」

翔太郎問道。

麻衣低頭注視著地面回答：

「不，我沒有任何話要說。你說得沒錯。是我殺了裕哉、紗耶香和矢崎先生。」

五

隆平脫離嫌犯身分，包圍圈中剩下麻衣一人。

大家恐懼地盯著她。

我們此刻像在包圍緊急迫降的外星人。麻衣的所作所爲就像外星人，已經超乎大家的理解範疇。儘管不明就裡，我們還是抱著絕不會讓她逃脫的意志包圍住她。

正在面對無法溝通的怪物。翔太郎卻用與先前毫無不同的平靜口吻望著麻衣說話。

「麻衣，我們接下來有許多事情需要討論，但在那之前，我想要澄清動機。可以的話，希望妳自己說明。」

麻衣微微抬起頭。

「你知道的話可以麻煩你代替我說嗎？這樣比較明白易懂。我一定沒辦法好好說明。」

「——那麼就由我來說。如果有不對的地方，就麻煩妳改正了。」

動機是最後一個謎團。

得知麻衣是凶手，我的心中升起不祥預感，一個想法開始在腦中浮現。

不知道我的想法是否正確？只見翔太郎以一副不太起勁的態度開始解釋。

「動機之謎可以說全在第一起事件。畢竟第二、第三起事件都是爲了防止罪行曝光而犯下的罪行。雖然也並不僅如此就是了。總之，裕哉的事件實在令人費解。由於出乎意料的地震，我們十人被困在地下，陷入必須犧牲某人才能逃脫的困境。凶手便在此時犯下了殺人罪。

「殺人當然不是出於報復，也不是爲了金錢，不然就不需要特地挑這種時候。麻衣比任何人都更早意識到我們的處境，並且決定下手殺人。在這種時候殺人，想必有非得在這個關鍵時刻殺人的理由。那會是怎麼樣的理由呢？

「我只想得到一個答案。我們在發現裕哉的屍體後，不是認爲我們應該找出凶手，並讓凶手負起留在地下的任務嗎？殺人的目的就是爲了創造這種狀況。也就是說，殺人好讓犯人面臨最殘酷的死法，再把罪名嫁禍給憎恨的對象——這就是麻衣的計畫。」

讓憎恨的對象承擔罪行，那個憎恨的對象是誰？

隆平聽到翔太郎的話，身體不禁顫抖了一下。他難以置信地看向妻子，彷彿在懷疑眼前的人是否真的是他認識的麻衣。

隆平先前試圖替麻衣說話，顯然無論兩人關係如何惡化，他都難以接受與自己結婚的伴侶是殺人犯。

然而麻衣的犯行卻已遭證明，而且她的最終目的還是以可怕殘酷的手段殺死隆平。

麻衣什麼也沒說。她對翔太郎的說法似乎沒有異議。

翔太郎繼續解說：

「那麼要怎麼做，才能讓隆平承擔罪行呢？唯一的方法就是準備假證據。

「假證據就是刺進紗耶香胸口的刀子。

「在裕哉的事件中，凶手沒時間製造假證據。勒死被害者之後，就必須立刻離開現場。在第一起事件中，我們苦於沒有證據，但對於犯人麻衣來說，情況也是如此。因此她才在殺害紗耶香的時候，留下一把沾血的刀子藏在鐵架下。她計畫在恰當的時機，把刀子混入目標的隨身物品中。

「通常這種拙劣的方式不可能成功嫁禍給別人。但在這個地下，情況卻有不同。我們有時間限制，必須在期限來臨前，選擇出留在地下的人。假如在時間不多，又找不到犯人線索的情況下，我們在某人的行李中，發現沾著血跡的刀子呢？屆時我們究竟會怎麼做呢？」

說不定我們會不由分說地把擁有刀子的人視爲犯人，攻訐圍毆，強迫他操作絞盤。現在的我們之所以保持理智，全靠翔太郎的推理。要不是靠他的推理查出犯人，我們現在說不定正在刑求折磨隆平。

「這個計畫必須在逼近時限的最後一刻執行。麻衣需要等大家因爲焦慮而失去判斷能力。把凶器藏起來也是爲了這個目的，好等待最佳時間。沒想到在用到凶器前，先被矢崎先生發現了。」

結果麻衣不得不連矢崎都殺。

「麻衣，以上就是我對於動機的看法，有什麼需要更正嗎？」

「不，沒有。」

「是嗎——還有一件事姑且問一下：留在紗耶香手機上的證據到底是什麼？」

麻衣第一次語帶猶豫。

「——其實在紗耶香拍的照片上，拍到我用來勒住裕哉脖子的繩子。紗耶香在我們到這裡的那天晚上，不是到處拍建築內的照片嗎？紗耶香完全沒注意到照片中有拍到繩子。但那個房間是大家在找六角扳手的時候，只有我進出過的房間。要是仔細瞧過紗耶香的照片，大家就會發現我是唯一能帶走繩子的人。」

「哦，原來如此。」

問歸問，但翔太郎似乎不太感興趣。

大家對這個問題也不太關心。既然知道犯人是誰，眼下就有個得立即決定的問題。

翔太郎注視著站在包圍圈中心的麻衣。

「那麼就讓我們來談談留在地下的事情吧。」

六

眾人的視線集中在麻衣身上，彷彿從牢籠外觀察被捕獲的野獸。

儘管如此，沒人跟她說話。大家都想從她的表情猜測她到底在想什麼。

「絕對要判死刑。」

隼斗低語。

弘子急忙摀住兒子的嘴巴。

「是呀。」

麻衣像對待幼稚園的孩子，平靜回應。

我仍然處於震驚，彷彿腦袋被狠狠揍了一下。我實在難以正視麻衣是凶手的事實。

我想起自己在幾個小時前，偷偷考慮過的問題。

在等待手機解鎖的期間，我的腦中一直盤旋著這樣的疑問：我究竟希望誰是凶手？以及誰是凶手，才會同意留在地下？

我希望是凶手的人是隆平。麻衣也抱著同樣願望，並試圖化爲現實，最終卻失敗了。沒想到她眞的有這樣的想法——我甚至抱著錯覺，以爲事件是因爲自己的願望才發生的。

沒人知道該拿麻衣怎麼辦。

我們該試圖說服她就好，還是大家一起折磨她？

一旦凶手眞的出現在面前，卻沒人做好覺悟。我們擅自期待麻衣自己願意犧牲。

最後翔太郎打破了沉默。

「麻衣，妳在犯下罪行的時候，已經充分考慮過未來會發生的事情，當然也明白事態會變成這樣。當妳被抓到的時候，妳原本打算怎麼辦呢？」

「誰知道呢——畢竟我當初定計畫的時候，可沒打算失敗。」

我到現在依然看不出麻衣的眞意。

她毫無疑問是一名凶惡的殺人犯。然而強迫麻衣留在地下，也等同於殺人。我們眞的有這麼做的勇氣嗎？我們六人捫心自問，猶豫不決。

最後弘子摟著兒子的肩膀，開口向麻衣說話：

「拜託了，請妳救救我們。這孩子還只有十五歲。」

接著花也加上一句：

「麻衣——拜託了，妳能想想辦法嗎？這件事只能拜託麻衣了。」

隆平也用我從未從他口中聽過的溫柔嗓音道：

「拜託妳，麻衣。救救我們吧。」

麻衣一臉不可思議地注視著向自己低頭的三人。

翔太郎跟著開口，語氣宛如在教誨不聽話學生的老師。

「麻衣，我相信妳在極限情況下能做出比任何人都理性的判斷。」

眼前的景象實在太過異常。

矢崎一家的家人被殺，隆平遭到陷害而差點被殘忍殺害，大家卻正在對這位罪魁禍首低頭求救。

大家的用詞非常謹慎，他們避免惹怒麻衣，同時絲毫不在乎這個要求把她逼上死路，好讓自己即使回到地上想起這一刻，也能說服自己並沒有殺了麻衣。

我實在無法對她說出半句話。

大家哀求麻衣的模樣太過醜陋。

但我想要得救，卻獨獨不肯道出讓她去死的請求，這樣的行徑也許比他們更爲卑鄙。不過要是我也跟著說，就代表所有人都希望麻衣去死。

我難道容許這種事情發生嗎？我想起幾天前在樓梯上，我和麻衣談起沒人愛的人的死亡遊戲。知道所有人都希望自己去死，不被任何人所愛的麻衣，眞的會犧牲自己的性命來拯救我們嗎？就算其他人都希望她去死，我也絕對不能抱著同樣的想法，難道不是嗎？

麻衣眞的是犯人嗎？我無法反駁翔太郎的推論。但我無論如何都覺得這次的殘酷案件不像她會做的事。

麻衣似乎在等我開口。

不過她後來終於放棄，帶著微笑說道：

「嗯，其實我早就知道會是這樣。好，我會讓岩石落下來。畢竟這樣才是最好的。」

誰是犯人才不用大家強迫，同意留在地下？

——答案恐怕是麻衣。

這就是我的答案，而我說中了。

七

距離最後期限，還有九個多小時。

大家一起合作打包行李，把剩下的時間留給麻衣。打包的是岩石落下之後，陪伴麻衣渡過剩下時間的物品。

裕哉的行動電源和夾鏈袋等都提供給麻衣。翔太郎則把自己的口袋書讓給了她。所有可能有用的資源都送給了她。

花拿出一包沒吃完的軟糖，顫抖地說：

「這個要嗎？——給妳。」

「謝謝，我就收下吧。」

麻衣瞥了一下包裝上的圖案，接過軟糖。

麻衣將和這些物品一起渡過她的最後時光。她會在那個像洞窟的小房間裡，靜靜等待冰冷的水不斷上升。水要淹沒房間會花多少時間呢？也許她會先因缺氧而死，而不是被淹死？

翔太郎到地下二樓確認了水位，告訴我們進水速度好像加快了。不過目前即使水勢增強，增加的水量也不多，不會導致期限提前。

我們沒把這一點告訴麻衣。

麻衣一邊替手機和行動電源充電，一邊等待時間到來。

遠遠看上去，她似乎很放鬆。她坐在餐廳椅子，隨手翻著翔太郎給她的旅遊口袋書。

大家都在遠處監視著她，避免太過靠近刺激到她。

大家不知爲何，刻意讓我遠離麻衣，更別提讓我和麻衣兩人獨處，似乎怕她和我說話之後改變心意。

在剩下的時間裡，我覺得麻衣似乎一直在等我，然而我不知道該說些什麼。無論我說什麼，都不會改變我將冷眼旁觀看她死去的現實。

當距離最後期限只剩兩小時的時候，翔太郎平靜地叫了麻衣。

「麻衣，差不多該走了。」

「好的。」

麻衣從長桌前站起身。

即使是原本一直顯得很鎮定的她，此刻似乎也因爲恐懼而發抖。她揹起小小的背包，一步步地踩著沉重腳步，緩步來到走廊。

前往地下二樓之前，麻衣表示想去機械室。

她打開了螢幕，望著外面的景色。

出入口的畫面和緊急出口的畫面一如往常，地面上的情況毫無變化。

麻衣只看了幾十秒，然後心滿意足似地說：

「我們走吧，還是不要太晚比較好。」

我們來到樓梯前。

地下二樓的水位已經淹到我的肚臍高度。

麻衣在大家面前穿上了漁夫褲。當她走下樓梯，走到積水深及膝蓋的地方時，她轉身回頭望著我們。

「接下來應該沒問題了。不用擔心，我會好好完成的。」

面對目送她的我們，麻衣這麼說。

大家都別開臉，沒人想和她做最後的告別。大家內心都隱約懷抱著罪惡感。儘管她無庸置疑地殺死了三個人，但此刻的她也毫無疑問地正準備爲我們送死。

我想起了麻衣在樓梯上羞澀地對我說過的話——無論如何，我眞想活著回去。當時的那句話，想必是建立在回去後的人生有我相伴的前提之下。

我的心中一直有個擺脫不去的想法：如果我說要和麻衣一起留在地下呢？屆時她會怎麼說呢？

一輩子不知道答案，渡過剩下人生，讓我感到害怕。

要是麻衣願意接受，我們兩人一起在小房間渡過死前的最後時光呢？

我的一生之中，想必不會出現可以與之比擬的時光。

要說出口就只能趁現在。而且既然沒有其他方法避免麻衣的死，只要我和她一起留在地下，我就不是殺死她的一員。這是唯一逃離罪行的方法。

我和樓梯下的麻衣目光相交。

我全身發熱，掙扎的衝動竄過身體。

幾分鐘前目睹的監視攝影機畫面拉住了我。

我們馬上就要回到地面了，還有什麼比這更珍貴？

我終於對麻衣說出了話：

「——別了。」

她有所預期似地點頭回應我的告別。

「嗯，我走了。」

麻衣轉身背向我們，伴隨著水聲，消失在黑暗的走廊。

終章

目送麻衣離開之後，我們六人回到走廊，站在通往出入口的鐵門前，等待她轉動絞盤。

我們屏氣斂息，彷彿害怕被麻衣注意到我們要前往地上。

不久後，從鐵門的另一邊傳來了岩石摩擦的聲響。

麻衣正在履行她的使命。

一切似乎進展順利。即便隔著鐵門，我們也能感受到巨岩正在緩緩移動。

時刻即將來臨，麻衣將永遠無法回來了。

即使回到地上，我們仍未脫離險境。我們必須避開坍方的山道，想辦法下山。與此同時，水會逐漸上升，麻衣將會死去。

鐵門另一邊的聲響停止了。

接著我口袋裡的手機突然發出震動。

我看向手機畫面，上面顯示著通話應用程式的通知，麻衣的手機正在提出通話要求。

我原本以爲不會再有機會和麻衣交談，此刻彷彿接到幽靈打來的電話，背上不禁感到一絲寒意。

我不能不接，便在大家的注視下，按下了通話鍵。

——柊一？聽得到嗎？

「嗯，是我。」

由於樓層不同，又隔著一扇鐵門，音質很差。但我還是勉強聽見厤衣的聲音。

——是嗎？太好了。岩石只差一點就掉下來了。所以呢，最後有一件事，我無論如何都想告訴你。

到最後關頭，還有事情無論如何都想告訴我？

大家都困惑地注視著我。我說厤衣想和我說話之後，走進旁邊的一〇二號房。

我告訴厤衣周圍沒人，厤衣開口說下去：

——其實剛才翔太郎的推理有地方錯了。我就是想告訴你這件事。

「錯了？妳說翔哥搞錯了嗎？」

那番推理的哪處有漏洞？如果有錯，爲什麼厤衣當時什麼都沒說？

一個恐怖的念頭衝口而出。

「難道麻衣妳其實不是凶手——？」

——不，我是。的確是我殺了那三個人沒錯，錯的是動機。

「動機？」

麻衣這麼做，不是爲了讓隆平揹上罪名嗎？

——沒錯，動機。

「那妳爲什麼會做出那種事情？也太傻了吧。要不是這樣，妳說不定就不用死——」

——事情並不是這樣的。該怎麼解釋才好呢，眞難呀。簡單來說，事情是這樣的：接下來要死在地下的不是我，而是柊一你們。

我忍不住把手機從耳邊拿開。

接下來要死的不是麻衣，是我們。

她是這麼說的，並不是我聽錯了。

麻衣的聲音很冷靜。她不是精神錯亂，不是在撒謊。她只是陳述事實。

「爲什麼我們會死，麻衣會活下來？」

——那我就來說明了。柊一，這裡不是有監視攝影機嗎？機械室有兩個螢幕，可以透過螢幕觀看攝影機的影像。螢幕上方用油性筆寫著出入口和緊急出口。

「是沒錯——」

——在地震之後，大家一起尋找六角扳手的時候，你檢查了螢幕，發現地面上發生山崩。畫面中的出入口沒什麼問題，但緊急出口卻被土石完全埋住了。

「——對。」

——就算從出入口離開也無法立刻尋求幫助，留在地下的人只能等死。是這麼一回事吧？但如果我在柊一注意到之前，就調換了那兩個螢幕的配線呢？如果此刻出入口的螢幕上顯示的是緊急出口，而緊急出口的螢幕上，顯示的則是出入口呢？

我感到一陣頭暈目眩，蹲在地上。

世界爲之顚倒。

「換句話說——被埋住的不是緊急出口，而是出入口嗎？」

——對。即使我拉下岩石，你們也無法回到地面。因為上掀蓋被土石壓住了。要離開這裡，就只能使用潛水裝備，穿越淹水的地下三樓，然後從沒被土石掩埋的緊急出口逃生。

——我比任何人更早看到螢幕，並注意到這一點，所以我才調換了兩邊的影像。畢竟潛水裝備有限，如果大家都知道了，恐怕會引發搶奪氣瓶的死鬥。就算木橋沒有坍塌，地震也可能造成道路坍方，救援不知道什麼時候才會來。而且當時我也不知道水的上升速度多快。總之，我別無選擇。

麻衣早我一步確認過螢幕。調換畫面的操作非常簡單，只需交換兩邊的螢幕線就好。透過調換螢幕畫面，麻衣獨占了逃生需要潛水裝備的資訊，讓大家相信要逃生就必須犧牲殺人犯。

——那兩個畫面拍的都是草地上的上掀蓋，所以看起來很像吧？而且我們到這裡來的時候，已經快天黑了，所以沒人在天亮的時候，好好看過那兩個地方。直到地震發生為止，沒人見過天亮後的監視攝影機畫面。所以我也不用擔心有人會發現出入口和緊急出口的畫面被調換了。

——不過裕哉例外，因為他之前就來過這裡。當時他應該仔細觀察過出入口和緊急出口的周遭環境。唯獨他可能在看到螢幕的畫面後，注意到畫面被調換的事實。

這才是真正的動機。

「所以妳才殺了裕哉？」

——對。還有另外一個原因。在那個時候，如果我沒有殺人，大家可能就用抽籤來決定十人之中誰要留在地下吧？這樣一來就麻煩了。如果岩石掉下來，會連我也出不去。但我也不能把這件事告訴大家。所以我非殺人不可。只要讓大家開始找凶手，我就能趁機爭取時間。到找到凶手爲止，都不會有人去動那塊岩石。

——我需要時間，因爲潛水裝備還不是隨時可用的狀態。

我也和翔太郎討論過這件事。當時我們在考慮要不要到地下三樓找紗耶香的頭顱。潛水裝備少了揹負氣瓶的背架。除非找到替代物，不然無法潛水。

對麻衣來說也是同樣的情況。她必須自己製作背架，才能逃生。

「那妳爲什麼要殺了紗耶香？果然是爲了避免被人知道是殺人犯——」

——沒有喔，不是的，我剛才說紗耶香的手機裡有拍到繩子位置的照片，那番話全是謊言。畢竟光有那樣的照片，也無法證明只有我出入過放繩子的房間。說起來，我根本沒辦法看到紗耶香手機裡面的照片。

——不過紗耶香的手機裡，確實存放著我絕對不想讓大家看到的東西。

——柊一，你回想一下。在洋芋片事件之後，大家曾經聚在餐廳。你還記得當時紗耶香的話嗎？她說自己約在半年前收到裕哉傳來的地下建築照片，其中還有出入口和緊急出口的照片。紗耶香雖然沒注意到，不過要是她拿照片和監視攝影機的畫面進行比對，事情就不妙了。她也許能從附近的樹木位置等，發現畫面被調換了。

對麻衣來說，被認爲是犯人並不可怕。嚴重的是被人發現影像調換。

這麼一說，知道矢崎一家和過去使用這座地下建築的宗教組織有關聯時，麻衣莫名執拗地詢問矢崎對這座地下建築了解多少。想來是在擔心他們是否會察覺螢幕影像的異狀。

——還有拿來刺紗耶香的刀子，那並不是爲了嫁禍給別人，而是爲了證明我是凶手才留下來的。如果不知道凶手是誰，最後大家就會陷入恐慌，引起混亂。到時候可能根本沒法逃生。因此要是情況變得無法收拾，我打算出面承認自己是凶手。不過什麼證據都沒有的話也很奇怪。就算我自己說要操作絞盤，隆平或是你也可能會阻止我。

——所以我才藏起刀子，打算在需要的時候，告訴大家我把證據藏在架子底下。實際上沒什麼意義就是了。因爲刀子在那之前，就被矢崎先生發現了。

我對這個說明不太能接受。

「既然如此，妳殺矢崎先生的時候，到底是爲了什麼目的去倉庫？」

如果只是要證明自己是兇手，只需說出凶器的位置就好了，不需要特地把刀子拿回來。

——因爲我在製作背架。我試圖用許多材料和繩子組合讓氣瓶固定在背上。我想用鐵絲加強背架，才到倉庫拿材料，沒想到矢崎先生竟然躲在那裡。我沒拿起刀子，所以凶手身分並沒曝光。儘管如此，我還是非殺矢崎先生不可。因爲矢崎先生正在使用氣瓶。要是放著他不管，我潛水通過地下三樓所需的空氣就會被用光。畢竟氣瓶裡頭的空氣本來就所剩不多。

我一直覺得這三起殘忍的命案實在太過不像麻衣。

不過實際上卻沒什麼好奇怪的。麻衣在這座名爲「方舟」的建築物中得到了殺人許可。

不論她殺多少人都無所謂，因爲大家最後橫豎都是死路一條。

不論是被勒死的裕哉、紗耶香，還是被刺穿胸膛的矢崎，他們本就是死路一條。說不定他們的死還是一種幸福，與我們六個人即將面臨的死法相比——

我們之中，只有麻衣得到神啓。

手機依舊傳來她平靜的聲線。

——製作背架可眞是辛苦，畢竟要小心不被大家發現。我得在自己房間裡慢慢編繩子，要是有人來，就必須把繩子藏在不會被發現的地方。而且還要製作得小心謹愼，畢竟壞了就完了。完成背架之後，我就把它藏在地下二樓，時機正好是在倉庫找到矢崎先生之後。多虧淹進來的水，要藏背架相當容易。

——然後啊，柊一？

麻衣像在等待我回答似地停下來。她想確認我是否在聽她說話。

我勉強配合回應。

「──什麼事?」

──其實呢，我連同柊一你的份，一共製作了兩個背架。你回想一下，潛水裝備不是有兩套嗎。如果柊一願意和我一起留在地下，我們就一起用裝備逃到地面。不過最後事情並沒演變成這樣。雖然有點可惜，不過算了。

對了，她一直在等我。當時如果我跟著麻衣走──我就能得救了。

我想對她大喊自己怎麼辦得到，又想哀求她現在讓我過去她那邊。這兩種想法瞬間閃過腦海，但我隨即直覺地理解到這兩者都沒有任何意義了。

這一次我終於伏趴在地，覺得自己快要昏厥。

從手機中傳來我先前對麻衣說的話。

──別了。

通話中斷了。

我就像從岩壁上滑落的人，喘著粗氣倒在地上。

我只能被困在地下，等待著水位不斷上升。然後，我就會死去。

不久，巨岩落進地下二樓的聲響傳來。

一陣幾乎令人以爲發生地震的激烈震動傳來，我卻覺得異常遙遠。

走廊上響起歡呼聲。大家朝著地面跑過通道。

不可能的，上掀蓋是絕對打不開的——

就在這時，我的眼前毫無預警地變得一片漆黑。

期限已經到了，發電機停止了運轉。

幾秒之後，我聽到五人絕望的慘叫遠遠傳來。

（完）

※本故事純屬虛構，與實際存在之人物、團體、場所無關。

引用

《聖經》（日本聖經協會出版）《創世記》第六章17—18

解說

再次回到方舟

有栖川有栖（日本推理作家）

※本文出處爲講談社爲讀完《方舟》的讀者所設置的暴雷解說頁面，內容涉及故事眞凶及其動機，務必讀完故事再閱讀。

初讀的衝擊漸漸平息了，那麼試試再讀一次《方舟》吧。

《方舟》的故事簡單明瞭，作家並未在情節中安排須費勁推敲才能理解意義的場景和台詞，但尾聲很簡短，須靠讀者自己補完。再讀過一次，便能享受塡補原先空白之處的快感。

各位應該明白本作尾聲如此簡短的理由吧？因爲犯人並沒有餘力在極限情況下長篇大論解釋「實際上是這樣，所以我這樣想——」等等的內心轉折。一一詳述反而拖泥帶水，破壞結局的衝擊性與帶給讀者的亢奮情緒。

重讀本書，我首先想確認「凶手麻衣眞的沒有其他生還手段嗎？」她是否有機會對所有人表明一切，派個還有體力的人到外界求援呢？畢竟還有一星期，若能彼此協助合作，應當也能縮短製作背帶的時間。

我認爲麻衣評估過，最終仍選擇放棄。這是她深思的決定，若捨棄掉道德層面，這確實是合理判斷——因爲這群人並不清楚外界情況。

前來此處時走過的破敗橋樑想必崩塌了（山谷深達十公尺），即使有辦法順利抵達對岸，也會因爲土石流坍方等問題而無法下山；加上手機沒有訊號，即使有一個人像〈跑吧！美樂斯〉的主角那樣不屈不撓前往求援，這仍是件不可能的任務。（註）

即使運氣好，成功下山求援了，要從緊急出口一個接一個地救出在淹水建築物最上層的九人，這絕非易事。運送大型機具來破壞原本出入口的做法更是執行困難。即使運用正確的機具施工，也可能需要好幾天時間。在此舉個實際例子，儘管麻衣很可能不知道，但一九九六年發生的北海道豐浜隧道崩塌事故，就因爲隧道內很可能還有生還者，導致開挖作業窒礙難行，從接到災害派遣通知開始，自衛隊的救援活動持續了整整一星期（在NHK Archives可以閱覽相關影片）。

另外也可能因爲底層進水速度增快，導致救援時間愈來愈少。雖然本作直到最後都沒有推翻「還有一星期」的條件，可是畢竟不是用水鐘來測量，一周的推測並非絕對值得採信。

註：太宰治短篇小說〈跑吧！美樂斯〉中的主角，爲了拯救自己的摯友，奔跑三天三夜歸國，完成與國王的約定。

麻衣說過：「無論如何，我真想活著回去。」即使所有人都有同樣想法，但她特別提出自己害怕溺死。請各位想像最恐怖的死法（例如被巨蟒生吞），再進一步思考。

只要能夠搶先眾人，就能夠重回明亮的天空之下（當然可能因爲無法下山而餓死，但至少確保安全）。如果老實地全盤托出自己想到的逃生方法，雖然還是有一點機會讓大家獲救，不過基本上機率過低。只有順利離開的一個人得救，自己則得在陰暗的地底被巨蟒生吞——不，溺死。麻衣她一定無法忍受這種結果，更關鍵的是她害怕目睹討論「讓誰去求援」時肯定上演的活地獄（麻衣在尾聲以「死亡遊戲」形容）。若演變成靠蠻力說話，麻衣不會有勝算。

因此藉由監視攝影機知道外界變化後，產生「必須隱瞞這項事實」的念頭也能夠理解，當意識到這件事情的時候想必會當機立斷，調整監視螢幕顯示的畫面內容吧——而在這個時間點，麻衣其實尚未計畫「將來過這裡並可能察覺監視螢幕不對勁的裕哉殺死封口，並以凶手的身分來接受操作地底機具的任務，再逕自從緊急出口逃脫」。

在替換了螢幕顯示內容之後，她還有時間思考接下來要怎麼做。

要殺害沒有任何過錯和不滿的同伴，內心想必會伴隨強烈的抗拒。一般做不到，但在如此異常的狀態下則不一定。在出入口遭到封堵，潛水氣瓶幾乎只有一人份——也就是犯人那一份的狀況下，其他九個人成了所謂「橫豎都得死的人」。這等同於讓明日就要接受行刑的犯人在前夜就死亡，這大大降低犯下殺人罪的心理障礙。

許多人閱讀這本小說時會想到倫理學思想實驗「電車問題」，但「電車問題」是考證功利主義與義務論的實驗，設問的關鍵在「（因爲自己介入）拯救五個人，還是（不介入）拯救一個人呢」。換句話說，雖然無法避免犧牲，卻沒有人在事發前便確定會死。

就算對象是「橫豎都得死的人」，人們也無法輕易下殺手。然而，若是爲了讓自己生還，狀況則又不同。沒有任何犯罪動機比保全自身性命更加強烈。

法律也有規定，在極端狀態下，即使危害他人，也有機會從輕量刑，甚至無罪。刑法第三十七條所定之緊急避難便是如此。竹本健治老師在原文版書腰上提到的「卡涅阿德斯船板」（註）即是探討這個問題的學說，從古希臘時代開始就被視爲「無可奈何」的問題。附帶一題，刑法第三十六條是講正當防衛。

因爲條件已經齊備，所以麻衣才決定「動手」。

想像她決定的過程，恐怖感從腳底下竄上來。

註：卡涅阿德斯船板，是由古希臘學者卡涅阿德斯構思的思想實驗，探討主題是「自衛」，內容指說若是遭逢船難，有兩名水手在海面上發現一塊只能支撐一人的船板，首先由其中一名水手攀附在上，但後續抵達的水手，則爲了生存將對方推下船板，導致對方溺斃，那這項行爲是否稱爲「謀殺」？結論「不是謀殺」，因爲若是爲了自保而殺人，那就是自衛，也是緊急避難。

假設她不殺人，而是說「我犧牲吧。反正已經厭倦活著了。」之類的呢？不行吧。畢竟很難不爲人知地偷偷搬運潛水裝備和背帶，掩飾得再好也會引起他人懷疑，打草驚蛇後被指出「妳一定隱瞞了什麼」的話，就剩下最糟糕的局面。

……所以，眞的沒有其他方法了。

——以上驗證麻衣是否有其他方法的思考過程有點漫長，接下來我們來確認麻衣的言行舉止。如果在知道她暗地裡正進行著什麼的情況下重新閱讀本書，便可以發現好幾句「啊，難怪她要這樣說啊」的台詞。

最令人印象深刻的，應該是矢崎先生打算去操作絞盤時出口的「快住手！這樣下去會被困住的！」因爲要是矢崎先生眞的這麼做，就會打亂麻衣的計畫，導致自己被關在方舟裡面，因此她才出聲制止。這種表現不僅是在該作品結尾，還是貫穿整篇故事的「倒轉」和「反轉」元素。

也有些場面是利用巧妙的雙重意義欺騙讀者，並延伸到結局上。例如當矢崎家父親輕率行事，隆平卻幸災樂禍地認爲他會讓巨石落下，但柊一打算制止。柊一這樣有人情味的行爲，肯定打動了麻衣吧。而麻衣準備了柊一的背帶；之所以想拯救他的理由之一，在於麻衣原本就對他有好感，也可能是感謝柊一保住自己的計畫；此外或許還能加上，產生了無法拋棄願意同理他人的柊一之類的念頭。

不過，即使綜合上述三個理由，麻衣也沒有完全幫助柊一，直到最後都沒有向他透露她的祕密。她無法免俗地測試柊一是否自己主動留下來。這裡似乎凝聚了她的人生觀。或者——因爲不能確定柊一知道自己行動多麼可怕時的反應才不敢明說吧；也許，只有在柊一基於自身意志留在地底下的這項奇蹟發生，麻衣才能夠眞正坦白。然後，直到故事最後，麻衣卻不得不告訴柊一：這項奇蹟沒有發生……

麻衣殺了一人後藏匿凶器，並打算找適當時機坦承一切，卻發生幾件意料外的事，導致她多殺了兩個人。其中一個甚至須砍掉受害者的頭（其原因也可算是對過往推理作品相似情節的「翻轉」），命運眞是無比殘酷。

最超乎想像的，是方舟裡有具備名偵探等級推理能力的翔太郎，透過邏輯推理出麻衣就是凶手。然而，這對麻衣並非運氣不好，反而省去她自白的工夫。

在推理過程的尾聲，麻衣被問到有什麼感想，她這麼回答：「我覺得你的推理很厲害，應該接近完美吧。」她似乎眞的很佩服，同時一副「很好，繼續講」的態度催促著翔太郎。這讓我渾身發毛，覺得這女人眞是不得了。

在推理作品的歷史中，有好幾位偵探因爲無法阻止連續殺人案而嘗盡苦頭，或被錯誤線索迷惑而嚴重失態，但跌了這麼大一跤的偵探應該前所未見。

從麻衣的觀點來看，事態超越《死亡筆記本》裡夜神月的「預料之中」（註）。偵探以充滿說服力的推理揭發出自己是犯人，應屬「預料之外」。然而，偵探不僅折損自己的面子和自尊，最終甚至大意身亡。我無法想像有哪個偵探的下場比這更慘。

翔太郎揭露的推理，對喜歡邏輯式本格推理的讀者而言應該無可挑剔。準備虛假線索的可能性也遭到否定，不會產生「後期昆恩問題」。

然而，動機僅僅是臆測，最後還完全錯誤，連在細節上也有草率之處，與事實相差甚遠。儘管如此，縮小嫌犯範圍的演繹推理可謂言之有物，堪稱展現出絕妙技巧。要挑毛病的話，只能從「犯人可能不相信廠商宣告的手機防水功能」這種雞毛蒜皮的小地方下手。但以故事審美角度來看沒必要如此，而且僅能運用哲學的「原始性事實（brute fact）」來論證的話，那麼別說在推理小說，連現實世界的生活也無法成立。

翔太郎對認罪的麻衣說：「（前略）我相信妳能做出比任何人都理性的判斷。」在完成華麗的推理之後，一位名偵探通常不會說出這樣平庸的台詞。只能說作者下筆毫不留情。

此外，是否有讀者認爲故事如此精簡登場人物，且營造出濃郁體驗，爲何缺少了對每個角色的深度描寫呢？我認爲這是故事結構的問題。

《方舟》是非常著重Whodunit（尋找犯人），在這方面純度極高的推理作品，若要公平地以每個人的觀點描寫各個人物內心，讀者馬上就能鎖定犯人。

因此爲了讓嫌犯人數最大化（讀者也如此期望），只能以第一人稱觀點來描寫故事。主述者會讓讀者知道自己想法（同時排除欺騙讀者或對環境欠缺認知、判斷能力的「不可信賴的主述者」情況），這樣能排除主述者是嫌犯，讀者才能一起參與解謎。作家選上的主述者是柊一。事情發展全部透過他的視角來描寫，對同伴和矢崎一家的印象、與這些人相關資訊，都停留在柊一感知的範圍裡。

若對每個人物都進行豐富的個性描寫，虛構性可能會變得過於突出而顯得不自然，折損作品營造出來的不安氛圍，讓趣味轉到不同的方面上。

在恐怖或驚悚小說中，角色愈是鮮明，故事當然愈發高潮精采，不過在本作中反而會降低可信度（因爲故事背景設定本身就很異常，因此在作者可以掌握的範圍內，需要盡力維持住眞實感而不過度脫離現實）我們在柊一這個主述者視角的帶領下，面對一群既不是情人、也不是獨一無二摯友的社團同伴，差不多就是這種感覺。

只要讀過《絞首商會》、《サーカスから来た執達吏》（尤其後者），就能夠充分體會作者多麼擅長豐富角色，趁這個機會推薦各位。請各位會會百合紫、鞠子和加津代吧。

註：日文原文「計画通り（けいかくどおり）」，此指《死亡筆記本》單行本第七集五十三話中夜神月的經典台詞，被利用在各種哏圖、迷因和改編中。

雖然還想再寫點東西，但好像會沒完沒了，在這裡打住。如果各位有發現些什麼，請務必找身邊能夠聊聊「方舟體驗」的同好暢談。我認爲本作一大特徵是讀過本書的讀者都會想討論故事。因爲眞相深深烙印在大家心裡。

明明描寫著讀者絕對未曾體驗過的危機，卻是一部詢問大家「你會怎麼想、怎麼做？」的小說。在知曉眞相後，想必有一顆巨石掉在心中想著「在這種狀況下犧牲犯人也是無可奈何」的讀者頭上吧。

《方舟》並不是賣點只在反轉的嚇人驚奇箱型推理小說。明明故事這麼簡單明瞭，卻暗藏玄機。當讀者思考起「爲什麼會被犯人＝作者這樣輕易欺騙？」時，想必將不得不面對自己心中總總思緒。

等過一段時間，應該會想重讀第三遍吧。

E FICTION 57／方舟

原著書名／方舟
作　者／夕木春央
原出版者／講談社
翻　譯／鍾雨璇
責任編輯／詹凱婷
業務・行銷／陳紫晴・徐慧芬
編輯總監／劉麗眞
總 經 理／陳逸瑛
榮譽社長／詹宏志
發 行 人／何飛鵬
出 版 社／獨步文化
城邦文化事業股份有限公司
115 台北市南港區昆陽街 16 號 4 樓
電話：(02) 2500-7696　傳眞：(02) 2500-1951
發　行／英屬蓋曼群島商家庭傳媒股份有限公司
城邦分公司
115 台北市南港區昆陽街 16 號 8 樓
網址／www.cite.com.tw
讀者服務專線／(02) 2500-7718；2500-7719
服務時間／週一至週五：09：30～12：00　13：30～17：00
24 小時傳眞服務／(02) 2500-1900；2500-1991
讀者服務信箱 E-mail／service@readingclub.com.tw
劃撥帳號／19863813
戶名／書虫股份有限公司
香港發行所／城邦（香港）出版集團有限公司
香港九龍土瓜灣土瓜灣道 86 號順聯工業大廈 6 樓 A 室
電話／(852) 2508-6231　傳眞／(852) 2578-9337
E-mail／hkcite@biznetvigator.com
馬新發行所／城邦（馬新）出版集團
Cite (M) Sdn Bhd
41, Jalan Radin Anum, Bandar Baru Sri Petaling,
57000 Kuala Lumpur, Malaysia.
Tel: (603) 90563833
Fax:(603) 90576622
email:services@cite.my
封面設計／高偉哲
插　畫／SUI
排　版／游淑萍
印　刷／中原造像股份有限公司
● 2024 年 2 月初版
售價 460 元
《HAKOBUNE》

© Haruo Yuki 2022
All rights reserved.
Original Japanese edition published by KODANSHA LTD.
Traditional Chinese publishing rights arranged with KODANSHA LTD.
本書由日本講談社正式授權，版權所有，未經日本講談社書面同意，不得以任何方式作全面或局部翻印、仿製或轉載。
版權所有・翻印必究

ISBN 9786267226940（平裝）
ISBN 9786267226926（EPUB）

國家圖書館出版品預行編目資料

方舟 / 夕木春央著；鍾雨璇譯. –初版. – 台北市：獨步文化，城邦文化事業股份有限出版：英屬蓋曼群島商家庭傳媒股份有限城邦分公司發行，民113.02
面 ； 公分. --（E fiction ; 57）
譯自：方舟
ISBN 9786267226940（平裝）
ISBN 9786267226926（EPUB）

861.57　　112018772